信長様と猿

小牧城から
天下布武への想い出

ヤマダハジメ
YAMADA HAJIME

幻冬舎MC

信長様と猿

小牧城から天下布武への想い出

目次

プロローグ

◆慶長3年（1598年）6月

秀吉は、御寝所で老いから来る体調変化に悩まされていた。戦乱の過酷な日々に耐えてきた体もむしばまれ、著しく弱くなっている。その身を案ずる者たちは、大坂城の秀吉の御寝所《ごしんじょ》に見舞いに訪れていた。横たわる秀吉の周囲には、寧々、淀殿、秀頼、石田三成、秀頼付きの片桐且元《かつもと》の姿があった。そして、家康の姿もある。ときおり秀吉は、夢と現実の狭間で譫言《たわごと》を口にする。寧々、淀殿、秀頼が秀吉の手を握る。乱世を生き抜いた厳しさを知る男は、子への憂慮とは裏腹に、これまでの半生で苦楽を共にした信長様や織田軍団での様々な情景を想いだしている――。その心に残る情景とは？

草履取り士官の訳

儂《わし》が信長様に最初に逢ったのは、天文23年（1554年）頃だった。信長様が21歳、儂は18歳だった。当時の儂は、尾張北部にある生駒屋敷に住み込みで働かせていただいていた。偶然か必然か、その屋敷で逢っていたのだ。そのとき、殿と幸運にも話す機会があり、猿というあだ名がつけられたな。儂と殿は3歳違いということで直ぐに仲良くなった。あだ名の由来は、儂らだけしか知らない。

生駒屋敷は、尾張国丹波郡小折にある。

生駒家は、灰や油の商いと馬借（運送業）で財を成し、武家商人として尾張国から東三河まで手広く商っている豪商だ。信長は、その財力に目を付け頻回に生駒屋敷を訪れていた。しかし真の狙いは、生駒家の末娘吉乃《きつの》にあった。尾張中で小町と噂されていた吉乃は、透き通るような白い肌と肩を流れる黒髪が美しく、しかも聡明で心優しい女性であった。

尾張の若殿の信長もさすがに吉乃と接点を保てず困っていた。

そんなときに仲良くなったのが藤吉郎だった。藤吉郎が、信長と吉乃2人の間を取りなすことで、吉乃は信長の側室になったのだ。

（小折城は、明治時代に廃城となるが、当時の面影を残す屋敷の中門だけが現存する）

生駒家の当代の家長は、幼名を昌利、通称八右衛門と呼ばれている。弟妹は5人、その妹が吉乃だ。信長の側室となった吉乃は3人の子を成す。信忠、信勝、そして徳姫だ。信長の長女・徳姫は、同盟強化のため徳川家に輿入れをする。藤吉郎が両家の橋渡しをせねば、子らは誕生せず時代は明らかに違う方向へと進んでいただろう。信長の正室濃姫は子を成さなかった。そのため吉乃は、織田家にとり特別な存在になっていた。

話を戻そう。

信長は、いつものように吉乃目的でふらりと生駒屋敷に立ち寄った。

「どれ、今日の屋敷はどんな状況かの？　吉乃はいまどこで何をしているか顔を見に行こう。あの小男は真面目に働いているかの？」

呟《つぶや》きながら、大門から中門に入っていく。毎度のように中門の門柱に体をもたれかけ、広い屋敷と大庭園の観察を始める信長だった。

家の主、八右衛門や屋敷の者たちは、信長が今日も中門から屋敷を観察していることに気づいているが気づかないふりをする。失礼があれば、どんなお咎《とが》めを受けるかわからないからだ。

触らぬ神に祟りなしだ。

信長は、屋敷内を観察しながら藤吉郎を見つけると、手招きして呼び寄せた。

「おい、そこの茶色の服を着ている小さい男。帥《そち》だ。少しこちらに来い。話したいことがある」

「私のことですか？」

藤吉郎は自分を指さし信長に歩み寄っていく。

「この屋敷で下働きをしているものだな？　儂は織田家領主、上総介《かずさのすけ》信長だ。帥は何という名か？」

大概の者は領主の質問におじけづくが、この男は臆することなく片膝をついて語り始めた。

「これは、織田信長様ではございませんか。私、藤吉郎と言います。殿のお噂は伺っています。ここでお逢いでき大変光栄でございます。どうかお身知りおきのほどを」

藤吉郎は続けて自己紹介までも行った。

「私は、尾張郡中村の農民、弥右衛門の長男として生まれました。が、父は戦働きで亡くなり、母様が後家になり、筑阿弥という父を迎えました。弟、妹が生まれ生活は困窮する一方でした。とうぜん肩身も狭くなり儂は村を出ました。そして美濃から尾張の周辺で針や草履を売っていました。そんなとき、生駒屋敷を訪れる機会があり、何度か訪問するうち吉乃様のお気に入りになりました。それで吉乃様が兄様の主、八右衛門殿にこの家の仕事を取り計らってくださいました」

するとと信長は、感心するように言った。

「そうか、商いで生駒屋敷へ来たか？　それで吉乃がお主《ぬし》を推して働くようになったのか？　帥はとても強運の持ち主だな。そして名を藤吉郎と言うか？　ここから見ていると、帥は主や番頭、皆の要望に俊敏に応え無駄なく働いている。実に殊勝、中々できぬこと。普通は陰でサボり働いたフリをして禄だけ貰う輩が多い。織田家中でもそんな輩をたくさん見てきた。儂はサボる奴が大嫌いでの。即刻クビにしてやりたい輩もおる。だが彼らにも家がある。そう簡単にクビにするわけにもいかぬ。そんなとき、働き者のお主を見つけたのよ。これは運命と思うたわ。

近くで見るとお主は顔に皺があり背も小さい。体を丸めて庭内を動き回る様子は、まるで猿かネズミだな。そうだ、お主のあだ名を猿としよう。藤吉郎では少し面白くない。仕事ぶりも気に入ったぞ。帥さえよければ織田家で働かぬか？　まずは草履取りから始めよ。つまり私の身の回りの世話から始めてみよと言うことだ、どうじゃ？」

それを聞いた藤吉郎は、

「本当ですか？　とてもうれしゅうございます。草履取りに召し抱えてくださり誠にありがとうございます。滅私奉公して必ずや、お殿様の役に立ててみせます」

と返事をして信長への忠誠を心に誓った。藤吉郎18歳、農民から憧れの武家奉公が決まった瞬間だった。

信長は、その日以来、藤吉郎のことを猿と呼ぶようなった。

時が経ったある日、信長は軍議で主要な討議が一段落すると、城内にいた藤吉郎を見つけ近寄り、悪戯心で尋ねた。

「猿、元気か？　ちとここへ来い。話したいことがある。かねてから思案していたことだが、帥について知りたいことがある」

「はは、信長様なんなりとお尋ねくださいませ」

藤吉郎は酔心する信長に声をかけてもらった嬉しさで答えた。

「儂は、天文3年5月の生まれだ。帥は、いつどこで生まれたか？　なぜ生駒家におらず、儂のところで働きたいと所望したのか？　羽振りが良い生駒屋敷の方が命も生活も安泰だったはずだし、他にいくらでも士官先はあったはずだ。今川、武田、徳川とな。それなのになぜ織田家を選んだのだ？

弟信勝は身なりも行動も正しく、儂とは対照的であったぞ。織田家は信勝派を中心に多くの反対勢力との確執があり内紛が絶えない時期でもあった」

信長は猿の本音を知りたくて率直に聞いた。

「それに帥は、いつから儂のことを知っていたのだ？　儂は、弱小尾張国の大ウツケで評判な若者であった。あれは周りに油断させるため意図して行った戯れだが……あの異様な風体に奇怪な振る舞いには、全て理由があったのだ。その理由を知るのは、犬千代（前田利家）と濃姫くらいだ。儂に理解を示していたのは、叔父の信光様と濃姫の父、斎藤道三殿くらいだった……」

そう言って信長は藤吉郎の顔を覗き込むように見た。返答次第では、士官取り下げの可能性を秘めた質問に思えた。

藤吉郎は背筋を伸ばしてはっきりと言った。

「今更そのようなことを言われるとは、予想もしていませんでした。私は士官したばかりで織田家の確執はわかりません。ですが、よもや殿はお忘れですか？　あのことを」

藤吉郎がしたり顔で意味深なことを言った。

しかし信長は、知らぬふりをして尋ねた。

「儂とそなたの仲じゃ。天守は今、人払いをしておる。構わん、忌憚なく申せ」

「本当によいでしょうか？　出自を含め、呆れたり嫌になったり憤ったりなさいませんか？」

「何を言うか？　儂は怒らんし嫌になったりはしない。だが嘘は駄目だ」

「は、誰にも話したくなかったのですが、卑しい出自なれども、殿の仰せとあれば包み隠さずお話しいたします。私は、殿と出会った生駒屋敷より5里ほど南に下った尾張那古屋の中村の百姓、弥右衛門の長男で、天文5年か6年2月6日の誕生と聞いています」

「そうか、儂より3つ下か、話を続けよ」

「両親は田畑の仕事で忙しく、暦もよくわからぬゆえ、年齢は正確には知りません」

「うむ、儂は民、百姓が忙しく仕事がきついこともよく承知しておるぞ」

「父、弥右衛門《やえもん》は、戦働きで戦死しました。それゆえ、父の顔は覚えていません。母は再婚し後妻となりました。義理の父がおり、腹違いの弟と妹がいます」

「儂も苦労して清州城を手にしたが、帥も苦労したようだのう」

と慰める信長に秀吉は続けた。

「母が再婚後に弟妹が生まれ、貧しさに拍車がかかった私は家で肩身が狭くなり、困窮を抜け出すため、亡き父の形見の巾着袋《きんちゃくぶくろ》に入った永楽銭1万貫（約10万円）を貫い受け修行と商いで諸国を流浪しました」

「そうであったか。知らなかった。いや、聞いていたかもしれぬが忘れていたわ」

「そこで、針や草履を売りながら生計を立て、今川領内の遠江守頭陀寺城主《とうとうみのかみずだじじょうしゅ》、松下家に士官したのです」

「そうか、今川領内か」

「駿河から尾張と美濃の知人の間を往来していました。それで小折の生駒家に下働きの職を得ました」

そこまで聞いた信長は、「あっ、あの事か。すまぬ、忘れておった」とでも言いたげに見えた。

「そうです。生駒屋敷で働いておりました。そこで働く蜂須賀という男に出逢い、気が合いもうした」

　と藤吉郎は言った。


「そうであったな。生駒屋敷だったな。儂と吉乃との間を取り持ったのも帥《そち》だった。すっかり都合の悪いことは忘れていたわ。すまぬ」

　信長は面目なさそうに笑った。

「左様です。殿が一目惚れされたことをお姫様と八右衛門様に伝え、仲介申し上げたのは儂です。よもや、お忘れだったとは、悲しゅうございます。つい最近のような面持ちです」

「そうであったわ。悪いのう。帥の父親のことといい、二重に儂が悪いな。戦が帥の父を殺めたか？　済まぬことをした」

「何を仰せでございましょう？　殿には一切関係がない戦でした。あれは織田家の別の戦でございます。殿には関係ない話かと」

　言いかける藤吉郎の言葉を遮《さえ》ぎるように信長は話を続けた。

「戦をするは、武士である我らの責務である。兵に駆り立て田畑を荒らし、命を危うくするも武士の我らじゃ。儂にも責任の一端はある」

「もったいないお言葉で恐縮にございます」

「いや、儂こそ、すまぬ。それに吉乃とのことだが、本当に良く仲を取り持ってくれた。

さもなければ、北畠や美濃への戦略も大きく変わっていたわ」

「ところで、猿とは、年が3つしか離れておらなかったな。皺しわな顔をしておるゆえ、最初は、お主の方が年上かと思ったぞ」

と信長は笑った。

顔を上げた藤吉郎は涙で滲んだ笑顔で言った。

「殿、それはあんまりでございましょう。吉乃様に言いつけますぞ。小折城の生駒屋敷に戻って殿は吉乃様とのなれそめをすっかり忘れていましたと吹聴しますぞ」

と述べた。


「それだけは勘弁してくれ、小折城まで行ってそのことを言われては、儂の立つ背がないわ。織田も美濃も暗雲が垂れ込めていた頃だ。織田は直系の弟、信勝派と儂の争いになっていた。儂の唯一の味方は、家老の平手の爺と叔父の信光と斎藤道三くらいだ。その斎藤道三は息子竜興に討たれ、美濃との同盟も危うくなった頃だ、しかも肉親と言っても油断のならぬ姻戚関係ばかりだ。信勝は、自分こそが嫡流と表明しおった。しかも裏では竜興と結んでいたことも判明した。おかげで清州城と尾張を平定するのに3年も要したわ。その点、お主とは何の因果もない。それにお主は吉乃の信頼も厚く得ておる。3つ下の実の弟以上に絆の強い本当の弟みたいなものだ。これからも宜しくたのむぞ。して、続きの回答は、どうだ？」

信長は藤吉郎に聞いた。

「殿にそのように言うていただき、とても嬉しく存じます。実は、生駒家のご贔屓の方々に商いで回っていたときのことです。先代の信秀様のご逝去と葬儀の様子を聞きました。旅の者同士の会話を宿場で耳にしたのです」

藤吉郎が言うと信長は、

「なに？　儂の父の葬儀の様子と申したか？」

驚いた様子で藤吉郎を見た。

「殿も承知の戦乱の世は百年続き、応仁の乱以降、嫌になるほど戦が続いています。尾張、遠江、美濃周辺も悲劇は同じです」

「承知よ。だからこその天下安寧を儂は思案し始めたのじゃ」

信長は語気を強める。

「殿、百姓はそのたびにお武家様が始める戦に駆り出されます。やむをえず農耕をやめ戦に出る者たちは、或る者は討ち死、或る者は怪我をして百姓仕事もできず。無事でも田畑は荒れ果てます。酷い百姓になると、戦場へ強奪目的で参加し敵方の屍や襲撃された家々から金品を盗む輩《やから》もおると聞きます」

藤吉郎は激しい口調で続けた。

「田畑は荒れ果て稲などできる状態にはありません。肥料やモミ種も少ない中、百姓の平均寿命は15歳にも及びません。想い人ができ、伴侶ができ子を成しても、上納する米はあれど家族が食す米はないのが実情。時には芋の茎や葉を食べ栄養失調にもなります。乳飲み児を抱えた母御は、満足に母乳も出ない有様で乳児は栄養失調。お武家様のように18歳の成人に至るは至難の業です。

本百姓は、食べていける。水飲み百姓も食べていける。家の跡を継ぐ長男は食べていける。しかし、次男以降は田畑も貰えず田分けはしない土地柄ゆえ、我が身は自らで切り取るしか生きる術はないのです。しかも儂の家は、先ほど述べたように貧しく困窮していました。そんな那古屋にいても夢も希望もありません。それで私は放浪の旅をし生駒屋敷に辿り着いたのです。

そんなとき、尾張の大殿が亡くなり信長様が葬儀で見せた奇怪な出で立ちに振る舞いや鳴海での三の山赤塚の合戦の噂話を耳にしました。その頃からでございます」

ここまで藤吉郎は熱を込め一気に信長に伝えた。

静かに目を閉じて聞いていた信長は吐露した。

「あの合戦か……笠寺あたりだったの。あの頃は儂も毎日朝から夜まで働き詰めで相当に大変な頃だった。身内の裏切りもあり誰も信用できぬ状態だった。あの戦は、父の長年の恩を忘れた謀反人への仕返しの戦だった。天文21年（1552年）4月だったか？　儂は19歳。鳴海城主山口教継《のりつぐ》の息子教吉《のりよし》は、父が亡くなった途端、今川に寝返りよった。駿河勢を尾張に手引きしたのだ。鳴海城は、付け城の役目もある重要な拠点だ。今川にとっても嫌な城の一つ。お主、猿は16歳ぐらいの頃かの？」

と信長は聞いた。

「はっ、左様です。19歳の信長様は、その合戦の後、見事に不義不忠の山口親子を調略で成敗されました。その噂は、あちこちで持ち切りでした」

「それだけか？　それで儂の草履取りに志願したというわけか？」

信長はまだ信用していないようだ。

「滅相もございません。殿の過去の慣習を打破する性格、独創的な発想、これは誰にも真似できません。御父君の葬儀での振る舞いや領国内の視察、あれは全て敵陣と我領土の地の利を知るための作戦とお察ししました」

藤吉郎はさらに続ける。

「槍の長さを長尺にしたこと、鉄砲をどこよりも早く装備したこと、馬の騎馬戦から防御する堅固な鹿垣《ししがき》（柵）を2重3重にしたこと。あれは馬の進軍を止めます。過去の固定観念だけでは、この戦乱の世を生き残れません。神社仏閣に拝むだけでは、神も仏も救ってくれません。安寧な世に変えることができるのは、信長様しかおりません。その想いで私は殿に士官し、本日に至っています。そして必ずや目的を実現させるお方と心得てございます」

「ほほう、そうか、そこまで買ってくれていたのか？　しかし、上手く言うものだな……。そうか、あの合戦も知っていたか。葬儀の抹香投げの噂までのう。笑えぬ事実だが、そこまで巷には話が流れていたのか」

信長は、感心して心情を吐露した。

「今だから言うが、生駒屋敷から帥《そち》とは同じ匂いを感じておったのだ」

「私と同じ匂いでござるか？」

と着ている服の匂いを嗅ぐ藤吉郎であった。

「うつけ者、その匂いではないわ。帥と儂の感性、感覚、思考が似ておるという意味じゃ」

信長は笑った。

「はて？　おかしなことを言われます。私は農民の出、殿は武家の出ですぞ」

「だからうつけと申した。帥も儂も己ではどうにもならぬことに直面し苦しみ、そこから抜け出す術を考え這い上がって行こうとする前向きな姿勢のことを言ったのじゃ」

「ますますわかりもうさん」

「儂は、出来の良い弟の信勝と比較され、身内からも諦められて育った。後継は弟が筋となっておった。帥も親を戦で亡くし、後妻の子で肩身が狭く流浪の旅を強いられた」

「確かにそうですが、勿体ないお言葉です。が、そのような配慮も殿らしいお心遣いかと感じ入ります」

「まあよいわ。二人だけの戯言と忘れてくれ」

「ここだけの話とします。ただ殿、草履取りとなって以来、殿こそ生涯を懸け背中を追いかけたいご主人様と想い精進する日々でした。今もその意気込みで働いており申す」

と藤吉郎は語った。

しばらくすると藤吉郎は、日頃のまじめな奉公ぶりと才知を活かした実績が評価され雑用係の小人から足軽へと昇格した。ついに藤吉郎は武家への入り口に立ったのだ。


藤吉郎は急ぎ帰宅すると寧々に報告をした。

「寧々様、母様、雑用の小人から武家の足軽組に昇格しましたぞ。どうじゃ、百姓からお武家様の仲間入りじゃ」

「それはお前様、おめでとうございます」

「藤吉郎が武家じゃと、信じられんわ」

偶然居合わせた小一郎がその報を聞くと、

「兄者、おめでとうございます。武士には興味はないが、儂でも兄者のようになれるかのう？羨ましい」

と言って藤吉郎と抱き合い、皆で大いに喜んだ。

桶狭間の戦い、秘策中の秘策

◆天文3年（1534年）~永禄3年（1560年）頃

儂は、草履取りの雑用係から日頃の忠義と実績が認められ武士の足軽に取り立てられた後、桶狭間の合戦に於いては、足軽組頭として出陣していたな。その頃の信長様との会話を想い出すとこんな秘話があったわ。

「殿、桶狭間の戦ですが、拙者も組頭として参加しておりました。勝てる相手とは思えないほど兵の差がありもうした。確か今川勢1万2000に対し織田勢はわずか3000あまり。どうして勝てたのか、未だにわかりません。戦場で必死に走り回り戦っていましたが」

不思議がる藤吉郎に信長が言い放った。

「おう、そのことか、簡単なことだ。戦う前からすでに勝算はあったのだ」

「えっ、戦う前からですか？　それはなぜですか？」

「今川義元に通じる間者《かんじゃ》が織田方におったのよ。奴を利用したのだ」

「あのことですか？　噂は知っていました。確か織田家中の裏切り者を成敗した事件があったとか。今川義元に内通した家臣の嫌疑で殿が直々にご成敗した噂を覚えています。ですが、詳細までは知りません」

藤吉郎はそう言うと信長の説明を促した。

「それは、こういうことがあったのよ。ある日、儂は隠密から報告を受けたのじゃ。『信長様、駿河に密告する間者が判明しました。国境いの戸部豊政《とべとよまさ》なるものです。今川義元に密告している証拠を押さえました。いかがなさいますか？ ご指示を』と言うから、『何、誠か？』と儂は激昂したが、『捨て置け、儂に良い考えがある。尾張の三蹟を呼べ。話はそれからじゃ』と言ったのじゃ」


不敵な笑みを浮かべ、信長は全容を話した。

「あの話は実に酷い話だわ。報告のあと、じっくり調べさせたぞ。すると奴は、織田家から禄を得ながら、隣国駿河、宿敵今川義元へ密偵として情報を垂れ流しておったわ。この尾張の地でそのような卑怯者が居るとは全く想像できなかったぞ。戸部は、儂の動向や尾張の石高、兵の数、鉄砲隊の人数、商いの流れ等様々な情勢の一部始終を逐次駿河の今川義元に漏洩しておった。実に卑劣な奴だった。儂は、そんな汚い輩に直接取り調べや面会も一切したくなかったわ。儂が直接奴に手を下さず、他でもない敵の今川義元に奴を成敗させてやったわ」

藤吉郎は、居ても立ってても居られず、

「どんな策を使って、裏切り者を成敗したのでございますか？」

と尋ねた。

「なに、難しいことではない。あ奴尾張領の鳴海あたりから儂らの動きを、今川義元に書状で丁寧に逐一書いて送っていたのよ、律儀に毎日な。情報を漏洩させ、尾張の情報を筒抜けにさせておったわ。それで儂は一計を案じたのよ。奴を利用して、戦わずして成敗させようと」

「殿様、どうやって、成敗されたのでござるか？」

藤吉郎は興味津々だった。


「そうよ、我が領内の平安の三蹟と呼ばれる、筆に自信のある者を呼び寄せた。さらに裏切り者〝戸部豊政《とべとよまさ》〟の内通を利用するため、奴の手紙を領内から大量に集めさせた。そして奴の文字の書き癖、形を徹底して模写させたのだ。誰が見ても、奴が書いた書状と同じように見えるよう模写せよ、練習せよと命じた。彼らは、その才を活かし見事に偽の書状を作り義元を騙しよったわ」


すると信長は、書斎の片隅に設置している漆や金箔であしらわれた、秋草蒔絵歌書箪笥《あきくさまきえかしょだんす》の引き出しから書状をいくつか掴んで藤吉郎の面前に広げて並べてみせた。

「そちだけに見せてやろう。きっと驚くぞ。これを見て笑いが止まらぬぞ」

書簡を何通か並べた信長は、にんまりしながら藤吉郎に聞いた。

「藤吉郎、猿、この書状、どれが奴が書いた本物で、どれが三蹟に書かせた偽物だか判別できるか？　因みに、手がかりをくれてやろう。これが草の者が集めた本物の書状じゃ」

と信長は一通の書状を見せた。

「信長様、猿めを試されておるのですな？　困った、お殿様じゃ」

藤吉郎はおどけてみせながら、信長の手にあった本物の書状と畳の上の書状を見比べた。

「いや、筆の覚えがない私には、全くどれが本物で偽物かわかりません。すべてが本物に見えるし、すべてが偽物にも見えます」

藤吉郎は音を上げた。

すると信長は、手振り身振りを交えてこう述べた。

「戯言を申した。すまんの。そこでだ。儂は、戸部の奴が今川義元を謀反で儂に通じ裏切ることで、義元の首を獲る段取りを書き綴り、儂、つまり信長宛ての書状として書かせて、偽の書状を今川領内にバラ撒かせたのよ。それを、尾張の忍びに商人になりすまさせて送りこみ、今川義元の元へ届けさせただけのことよ」

「それで、どうなったのでござるか？」

藤吉郎は居たたまれず、身を乗り出して話に聞き入っていた。

城内には、人払いをしていて誰も居ない。それをいいことに信長も藤吉郎を喜ばせようとして、楽しそうに話を続けた。

「この話の続きを知りたいか？　藤吉郎」

と、にんまりして目じりを下げて、藤吉郎を見た。

「信長様、あんまりでございます。この猿めは面白過ぎて、先が早く知りとうございます」

と藤吉郎は懇願した。

「わかった。儂が、図に乗り過ぎようだ。義元は、まんまと騙されたとも知らず、烈火の如く怒り戸部豊政《とべとよまさ》を謀反人として決めつけた。詳細な審議もせずに謀反人にしたのよ。そして奴を捕らえた」

信長は笑った。

「儂らは、こうして奴を謀反人に仕立てることに成功した。奴は義元の警備の者に捕らわれ、戸部のどんな釈明にも聞く耳を持たなかった。それで、駿河まで来ることも、謁見《えっけん》も検分も許されず、三河吉田あたりで、武士らしく成敗されたわ」

と信長は、顔色を変えず話した。

「凄まじい筋書きですな。信長様、さすがでございます。策略家としても天才的な発想です。私は生涯、殿を敵には絶対したくありません。一生ついて参ります。信長様」

藤吉郎は、信長の袂を握って平伏した。すると信長は意外なことを述べた。

「しかし、謀反人、戸部のおかげで、儂が助かったのも事実だ」

藤吉郎は疑問に感じた。

『裏切り者を成敗した。それで助かった？』

「信長様、今、助かったと言われましたか？　裏切り者の戸部のおかげで助かったとはどういうことでございましょうか？　凡人の猿には皆目見当がつきません。是非にもご説明してください」

藤吉郎は懇願した。

「儂の窮地を逆手に取り、今川義元の情報ルートを壊滅させることに成功しただけよ。その結果、悠々と桶狭間で今川義元の大軍にも我が精鋭部隊で勝利した。さもなければ、儂とて桶狭間の前に今川勢とどう対峙していたことか？　結果的に苦戦していたかもしれぬ。もしや負けたかも。さすればこうして、お主とこのような話など出来ていなかったかもしれぬ。如何《いか》に戦い慣れしていない、公家武家集団とはいえ、数が違い過ぎた」

と信長が言い、その真意《しんい》を藤吉郎に説明した。

「儂が27歳のときだった。桶狭間で起こった戦いの事じゃ。我が手勢は、当初わずか700あまり。それで熱田神宮で祝いの酒を酌み交わし、〝敦盛〟を舞い出発した。今川は約2万の軍勢だった。それに対峙するため奇想天外な戦の仕方も考えたぞ。奇襲作戦で崖から駆け下り攻撃するとかな。しかし真正面と側面からぶつかる普通の戦略をとった。織田の兵は厳しい武芸の鍛錬を毎日積んでおる。そのことは、白兎、家康も竹千代時代から知っていることだ。一方の今川は公家のような兵士の集まり、敵ではないわ。しかし数では圧倒的に負ける。それゆえ領土の境目あたりの三河僧たちに黄金《きんす》を与え、偽情報を流したのだ。もちろん家康の協力も得た後でな」

「それは、どんな情報でござるか？」

藤吉郎が聞くと、信長は言った。

「三河の僧にこう言わせたのだ。『敵はこの辺にはおりませんな。そうそうあの山の横を登っていったのが見えもうした。どうやら奇襲攻撃を画策して、あの山の脇あたりで騎馬を駆け下りるとお見受け申す。それゆえ、あの峠で待ち伏せすれば、今川の殿様は、物見気分で楽勝ですわ』と――。それから戦勝祝いで旨い酒と肴を献上させたのよ」

三河の僧を味方につけ、見せかけ戦法で酒盛りを今川勢に薦めるよう仕向けたとは――。

家康ルートも使い三河の衆を味方につけ、目撃情報や酒宴をさせるよう仕組ませたのだ。

信長は、

「その頃には、裏切り者〝戸部〟はこの世にいない。今川方は、尾張の動きを察知できぬ状態になっている。我が尾張の手勢や動向を知る術もない。よって我が勢は家康の三河の味方の僧を使い偽情報を与え、今川を油断させたわ。戦場ではあり得ない、酒場を開かせることにも成功したのよ。天も味方に付いた。我らが桶狭間に向かう中、酒盛りの後、暗雲が垂れこみ轟音と共に雷が走った。今川勢は酔って雷雨を避けるため三々五々に木陰に隠れ散り散りになった。しかも嵐は、我らの背から今川勢に向け吹き荒れた。当然、奴らは我らの行動に気がつきにくい。視野が良くない。そこを一気に叩いたのよ」

するとと秀吉が、

「思い出しました。拙者も足軽組として槍と刀を持ち戦場を駆け巡っておりました。風上から風下へ一気に攻め申した」

と言うと、

「そうよの。帥が草履取りから足軽大部屋に移った頃よな」

と信長は喜んだ。

「確かに。ですが、そのような緻密な戦略、罠を殿がしかけていたとは微塵も思わず戦場を走り回っておりました。さすが殿様です」

「戦場では、青地に金箔の赤鳥印の義元の旗印が見えた。そばには神輿が見えたぞ。今川義元の旗印のそばに神輿が見えたのよ。馬に騎乗すれば大将もわかりにくいが、神輿で物見遊山では、遠くからもよく見えた。後は一気に神輿目掛けて攻撃した。たとえ700の少数でも、我が兵は家康も知る精鋭部隊よ。結果論だが、数で負けておっても、これで勝ちを引き寄せたな」

「殿、恐れ入りました」

藤吉郎は、信長に平伏した。

「余計なことを話した。まさかお主、儂の動向を学んでおったのか？　まるで忍者のような奴じゃ。まあよいわ。仕事に励め。民が食に困らぬ太平の世を一緒に作ろうではないか。よいな猿」

「は、ありがたき幸せ。肝に銘じてございます。信長様に一生ついて参ります」

「これからも頼むぞ、猿!」

「御意《ぎょい》、但し、殿が間違ったときは、ご無礼ながら進言申し上げますぞ」

「嬉しいことを言うのお。そのようなことが言えるのは、猿と道三の娘帰蝶くらいしかおらん」

と信長は豪快に笑った。


儂は想う。信長様は、知る人ぞ知る天性の才覚の持ち主だった。

信長様の正妻濃姫の父、斎藤道三や並みいる一流の国主、知恵者の僧をして天才的な頭脳と発想と閃きと知恵と実行力を兼ね備えた逸材と言わしめた。そのことは、大方の武士や大名家臣は誰も知らない。日乃本が、応仁の乱以降続く地獄絵図の時代を止めるために天が誕生させた稀有な人だと思ったわ。その才能を感じとった儂は独自の嗅覚で天性の才を見抜き草履取りに士官した。そして信長様は信長様で、儂の持つ資質を見抜いたのだろう。那古屋中村の一介の百姓出自の儂をいくら吉乃様の推薦とはいえ、身の危険に結びつく可能性ある身の回り係の小人として雇ってくださったのも信長様の驚くべき才覚であったわ。

尾張統一、そして小牧城へ

目を閉じて回想する秀吉は、昂然と躍進する信長の姿が脳裏に焼き付いて離れない。「あのときの信長様は、鷹のように狙った獲物は必ず仕留める鋭さがあった。今川第9代にして全盛を極めた東海随一の弓取りと呼ばれた今川義元を桶狭間で討ち取り、民の安寧と発展のため領土を拡大していった頃だったわ」

◆永禄6年（1563年）7月頃

暑い夏、30歳になった信長は、真新しい小牧城の天守にいた。織田家惣領になった信長は、美濃攻略のため、尾張中心の清州から尾張北部の小牧へ城を移転していた。天守には、周囲を見渡すことができる小窓がいくつもある。信長は、石垣で攻められにくい城造りをいち早く採用していた。小牧築城以降、岐阜、安土の城も、鉄砲の弾も跳ね返す総石垣造りで、石垣は盾の役割をしていた。

その城の守備は、大坂、江戸へと受け継がれていく。信長は石垣以外にも、内装も趣向を凝らした天守を造った。天守の中心には、評定用テーブルが置かれ、それを囲むように小さな椅子がぐるりと並ぶ。

その一番上座には、この城の主、信長が座り、苛立ちながら藤吉郎を待っている。他の重鎮たちは、それぞれ表御殿で政務を執り行っている真最中であった。

その日も信長は、〝かん高い声〟で家臣に次々指示を出していた。その声は表御殿で政務を行う家臣たちにも聞こえるほどだ。

「誰か、おい、藤吉郎を呼べ。猿はおらぬか？　おい、誰かある？」

そのとき、佐久間は信長のいる天守大広間の近く書院場で書状の整理をしている最中だった。書院は大広間に通じる大回廊の中間あたりにある。

大回廊の両側は、ふすま扉が続き、その障壁画は狩野永徳らに描かせた豪華絢爛な唐獅子や檜や牡丹や松鷹、天井には竜や草木華を漆や金糸銀糸、朱や緑をふんだんに使った色彩あふれた内装が施されている。

佐久間のいた書院は、天井と鴨居の間には栗鼠や兎、猿、葡萄のはいった透かし彫りが施されていた。佐久間は趣のある落ちついた部屋で仕事をしているところだった。

しかし、一向にやまぬ信長の叫び声を聞き、居ても立ってもおられず、書院から大廊下に飛び出していた。そして、近くを通りかかった岩田を見つけ声をかけた。

「岩田殿、ちょっとこちらへ。良いところにご登城くださいました。先ほどより殿が、木下はどこに居るかと何度もお尋ねです。『猿が、どこに居るか知らぬか』そう言ってずっと探しておる。ほら、また声が聞こえてきたわ」

「木下がどこにいるかは、わからない。しかし、たまらないのお。このまま放っておくと、またご機嫌が悪くなるであろう？　しかし、信長様は、いつも藤吉郎を気にかけているように思える。殿には、２人には特別な関係でもあるのか？　怪しい仲とも思えないが。いや、絶対にない。殿には、れっきとした正室帰蝶様がおられる。しかも、領内には側室の生駒家の吉乃様もいる。そんなわけがない。そう考えると、よほど木下をお気に召されたのか」

「まあ、そんなに焼くな、信長様のお考えがあってのご所望だ。仕方がないわ。木下は、仕事が我らよりできる。しかも憎めない性格、かわいい奴だ。それに木下は、いつも信長様がなさりたいだろうことを我らより先に進言申し上げ、首尾良く実行する。たいした奴だ」

岩田殿が感嘆しながらも嫉妬混じりで溜息をついた。

そんな会話を２人がしている間にも小牧城の主、信長は声を発し続けている。


「おい、だれかある？　誰も居らぬのか？　儂の声が聞こえぬか？　返事を致せ、猿はどこにいる？」

信長の声が強くきつく響き渡っている。

「殿様が、ずっとお探しじゃ。前回のような剣幕になってきた。やばい、まずいな」

と話す家臣たち。

「怖いな、とばっちりを受けるかもしれぬ。注意せねば。殿が怒らぬように、とにかく居場所を早くお伝えしろ」

周囲に緊張感が走る。

信長は気に入った相手ができると、とことん好きになり、常にそばに置きたい性分だ。風貌は全く異なるが、性格、思考が似ている藤吉郎もそばに置きたい一人のようだ。


信長は「信念・目的の達成」のためならば、僧や女、子供も殺す鬼の心を持った気性だったという。信長の性格は、風土によって培われたのか？　焼けつく蒸し暑い夏と手足の先まで凍てつく厳しい冬、尾張の気候や魑魅魍魎の戦国の姻戚関係の裏切り、それを勝ち抜かざるをえない環境が、不器用で歪《いびつ》な性格をつくらせたのだろうか。育成係の家老平手の自刃が、彼の性格を一層変貌加速させたのか？　しかし、彼の性根には常に熱いものがあったことはどの家臣も知っている。藤吉郎もその一人。勿論《もちろん》、犬千代（前田利家）もその一人。


フロイスも見ている。信長は、正義に厳格、戦術は老練で性急。名誉心に富み、御仏を信じず、家臣の進言に従わず、畏敬されていたと言う。最近の研究では、信長に先天的な心の疾患が見受けられることがわかってきた。それは、アスペルガー症候群。

その証左は、

「坊主の教義に従うような従順さはなく、自分の衝動を抑えられない状況になれば、容赦なく処置した」

という史実やフロイスの言質からも伺い知れる。

話を元に戻そう。


城内では、信長が藤吉郎を探している。藤吉郎が城内に居ない理由を周囲は知っているが、信長は気が付かない。いや、忘れているのか？　信長は、藤吉郎には明日の会議で会える。しかし激務で走り回っている藤吉郎の状況を理解できないでいる。自分が指示したことも忘れ、家臣が動揺する状況も認識できないほどだ。

岩田は職務に戻っていった。佐久間は独り言をいいながら首を傾《かし》げ、思案する面持ちで大回廊を殿がいる方向へと歩いていた。

「なぜ、あれほど血相を変え殿は藤吉郎を探すのか？　明日の軍議で会うであろうに……。よく理解できぬわ」

すると2人の重臣が廊下の向こう側から近づいてくる気配に気がつき、佐久間の表情が明るくなった。

それは、信長をよく知る前田利家と柴田勝家だった。

「これでなんとかなる」

そう呟くと佐久間は、

「これは良いところに。前田殿に柴田殿ではございませぬか。この場でお会いできるとは、うれしゅうございます。お二人に会え安堵いたした」

と言いながら小走りに歩み寄っていった。

すると、

「何事だ？　貴殿がそのように申すは何かあったな？」

前田殿が言った。

「至急、尋ねたきことがあります。ところで木下殿はどこにおられるか、ご存じないでござるか？」

と佐久間は聞いた。

「おお、これは佐久間殿、どうなされた。そなたも、ご登城されていたのですな。これは、ご苦労様でござる。殿が、また何か騒いでおるのか？」

前田殿は、佐久間の苛立ちを横に呑気に言った。

「おお、そうじゃ。儂も明日の軍議に参加のため参集した次第。議題は、いかに早く美濃を攻略するかだったな。竜興を陥落させる方法を述べよといった趣旨の内容であったな。明日殿に直々にお伝えするところだ」

と続けた。前田は、幼名を犬千代といい、信長とは竹馬の友である。信長が湯帷子を袖脱ぎして柿を食しながら人に寄りかかり、世間からは大うつけと陰口を叩かれていた頃からの付き合いだ。

だから信長の心情は手に取るようにわかる。事の経緯を察した前田は、佐久間に即座に伝えた。

「今頃木下は、長良川近辺で殿の命令により諜報活動《ちょうほうかつどう》と懐柔《かいじゅう》、材料調達に奔走しておるわ。それを進言すれば、殿も落ち着くであろう」

そこに信長の高い声が、奥の間から聞こえてくる。

誰も応答せぬと、この城の主の声がますます力強く響いてきた。

「猿は、居ぬのか？　誰かある！」

信長の声に畏怖を感じた古参の勝家もたまらず溜息をこぼした。

「やれやれ、猿が良い働きをするたびに殿のご執着が増す一方だ、儂ら古参の家臣はたまらんわ」

さすがの柴田も辟易しながら悔しがり羨ましがっていた。

すると、前田は、

「そうならば、そなたも猿より良い働きをすればよいだけではないか。儂は、槍の又左で戦働きと知恵で殿に仕えている」

と悠々と答えた。

これにはさすがの武闘派勝家も体裁悪く返答できずにいる。

その間にも信長の叫び声が続く。

これ以上、痺れを切らせては、周囲に〝とばっちり〟が来ると柴田らの会話を傍で聞いていた林が信長の元へ駆け寄る。

「これは、信長様。殿には、ご機嫌麗《きげんうるわ》しゅう、祝着至極《しゅうちゃくしごく》に存じます。本日は良い天気ですな。小窓からも実に美濃が近こう見えてまいりました。気分が上がりますな。我らで美濃を攻略してみせましょう」

「これは林ではないか。良いところに居てくれた」

林にすれば、ほっておけない状況を察し殿の面前に出たまでのことだった。

そのため、信長が次の質問を問いただす前に、林は、丁寧に信長に呼応していく。

「木下を探す殿のお声は城内に響き渡ってござりますが……。明日、木下は軍議に参加予定。明日には登城します。よって今晩には館に入るかと存じますが、如何なされましたか？」

と林が言うと信長は、

「おお、其のことよ、猿は今、どこにおるのかの？」

と待ちきれない様子で言った。

「は、そのことでござりますか。木下は信長様の仰せで、目下、長良川周辺にて働いています。今日は確か、長良の西部地域あたりで調略活動に奔走していると聞き及びます。なので城内にはおりませんが、明日は軍議もあり、今晩には城内の館に帰任すると思われますが」

林の説明を聞いた信長は饒舌になって受け答えする。

「そうであったな。林、良く教えてくれた。すっかり忘れておった。礼を申す。だがな、早急に登城せよと藤吉郎に伝えてくれないか。明日の軍議の前に調整したい名案が浮かんだのよ。その結果を皆の前で軍議にかけたいゆえ、その前に藤吉郎と話がしたいのだ」

林は、

「は、判りました。長良川西部へ早馬を出させましょう」

そう言うと、近習のものを呼びつけ、手配の指示を出した。

「よいか、長良川周辺にいる木下へ早馬を出せ。至急、小牧に登城せよと伝えよ。殿が火急にてご所望だ」

近習は、

「はっ」

と一目散に城の入り口の馬場へ走り早馬を出した。

林は、殿が気にそぐわぬときはどんな物言いになるか熟知している。

城中の家臣も皆、殿の性格を知っている。しかし一方で、その言葉の裏には別の意味合いも含まれていることも皆よく知っているのだ。

信長には、普通では計り知れない秘策や天賦の才が閃いたときに発する発言行動パターンがある。家臣たちはその癖や情感の微妙な温度差に気付き右往左往するのが毎度の習わしになっている。今回も同じだった。

信長は、珍しく説明を続けた。

「新たな稲葉山城攻略とその後の館の改修で、とっておきの妙案が閃いたのよ、猿の調略活動にも良い影響を及ぼすであろう。それゆえ、早急に話す必要があると申し伝えよ。皆の前に発する前、猿と調整しておきたいのよ。岐阜城移転に関して捨て置けぬことよ。藤吉郎との質疑の時間は、小1時間で済む」

と、林に早馬の手配をさせたのであった。

それから1時間が経過した頃だった。

また信長が、猿を連呼していた。

「佐久間はおるか？　誰か在る？　犬千代、前田もおらぬのか？」

最悪の事態を回避し、信長の気持ちを鎮めるため利家が信長にすり寄って呼応した。すると、顔色を機嫌よく変えた信長は、

「これは、犬千代ではないか。久しいの。今晩そなたは時間は空いておるのか？　旨い肴を用意させておる。久しぶりに2人で一緒に飯でも食おう。いやその前に、猿との連絡は付いたのか？」

と今晩の予定も含めて問いただした。

「そうですな。今晩は先約がござり、殿のお相手ができませぬ。明日の軍議の対策で家臣と打ち合わせがあるのです。今しがた、稲葉山城との国境より、藤吉郎から小牧に戻るとの早馬の知らせが参りましてございます。あと小1時間ほどで木下も登城すると思われます」

信長との付き合いは長く、以前のような腹痛は避けたいのだった。

機嫌の良くなった信長は、

「そうか、ご苦労である。到着後、十分に労ってやれ。奴は最近よく働いておる。よいな、犬千代とは次にゆっくり話そう」

「は、殿のお言葉、木下も喜ぶかと存じます」

と言って利家はその場を下がった。


前田殿の機転のおかげで城内は平静を取り戻したのは言うまでもない。

そんなやりとりの後、予定通り小1時間で藤吉郎が肩で息を切らしながら登城してきた。すかさず、小姓が、

「木下藤吉郎様、ご出座」

小姓が、大声で藤吉郎の到着を信長に知らせた。藤吉郎は、小牧城の虎口から一気に、息を切らせて駆け上がってきた。信長の居る大広間に通じる大廻廊《かいろう》は、約50ｍはあるだろうか。

「信長様、藤吉郎が只今戻りました。大変お待たせし申し訳なく存じます」

肩で息をしながら、片膝を付いて腰を落とし頭を垂れて報告した。

「やっと、来たか待ちわびたぞ」

親指と人差し指を顎に添えにんまりした信長は、明日の会議で呼び出していることもすでに承知の上でそ知らぬ顔で言った。

「猿ではないか。急に呼び立てて悪いの。明日の軍議もあるがその前に帥と話をしておきたいことがある。それ故、早馬をださせた。とにかくご苦労、大儀」

信長は、天守から美濃の中辺りを扇子で指し示しながら続けた。

「見よ、いよいよ美濃が近く見えている。実に良い景色だ。間もなく我が領内に入るであろう。竜興を我が城の門下に馬を繋がせる日も近いぞ」

藤吉郎の帰還と共に満悦な面持ちになり饒舌になる信長だった。

「小牧築城が無事の完成、誠に祝着に存じます。丹羽殿のおかげです」

「そなた達の段取りあっぱれであった。褒美を取らす。黄金を帰りに持って帰るがよい。丹羽には褒美を取らせている。佐久間にはよう言っておいた。聞いているだろうな。犬千代も褒めておった」

と信長は藤吉郎に念を押した。

「は、殿のお言葉、ありがたき幸せ、益々仕事に励み申す。佐久間殿より格別なお褒めと労いを頂戴してございます。前田殿からもお褒めの言葉を頂戴したこと誠に誉れです。ありがたき幸せに存じます」

藤吉郎は満面の笑みで信長に答えた。

藤吉郎は信長の考え方に心酔しているのだ。人間織田信長の存在に憧れ家臣を志願した藤吉郎であった。

「そうか、嬉しいか。体に気を付けてもっと働けよ、良いな？　ところでだ、小牧築城の件で聞きたいことがある。あの城の石垣は一体、どこから工面致したのだ？」
と信長は聞いた。

小牧城は、日本の築城史の原点となる要素を豊富に取り入れ後世に伝えている。その手法も信長の天性の閃きと知恵が生んだ。稀有な天才といわざるをえない。信長が指示した築城には、珠玉の知恵が遺憾なく発揮されていた。小牧城築城前に指示した内容は、少なくても以下のようなものがあった。信長は普請の丹羽らに命じた。「次の５つの内容に従って築城せよ。よいな」

その5箇条とは、
一、城は、敵から攻められにくくする必要がある。よって、強固な造りを効率的に行う。それゆえ、領内の自然な川の蛇行の流れを利用し、自然な防壁を利用せよ。それで経費と時間を浮かせる。
二、敵が一気に攻められぬよう、虎口を作り敵が手詰まりする流れを造れ。外見上は攻め易くさせておくが、実際攻め入れば手詰まる。そこに我らの弾丸、矢、石の集中砲火を可能にする造りにせよ。
三、天守は、将来主君が居城する内容に変更せよ。常に臨戦態勢できる状況を可能にする。本格的な始動は次の城からである。小牧の城は、その前段階の試験的なものとする。

四、家臣団も城郭内に住まわせよ。居館は、戦時において軍議や活動がしやすくなる配置にせよ。

五、城内の領域は、関所を取り払い通行税を廃止せよ。無税化で、城下町が活気づく環境を創成せよ。

実際、信長は、領内の主軸となる拠点から税を徴収した。そうすることで、経済圏の発展と並行し自らの経済力を蓄えた。勿論、その財力は、更なる天下布武の公共施設の橋、道路整備、出城の建設、優秀な人材確保へと有益に活用された。築城の手法は、美濃攻略の後、金華山、岐阜と改名した岐阜城や安土城へも展開される。五箇条の指針は、信長から羽柴秀吉、徳川家康へ継承されたことを鑑みれば、如何に信長の発想が先進的で合理的なものであったかが伺えるであろう。

この拠点（城）を中心に民を集客し商業圏を拡大させ、資金を集め経済発展をさせる発想は現在にも通じる脅威的な閃きであった。

信長は、人心掌握術にも長けていた。それは城の引っ越しでも遺憾なく発揮される。元来、尾張地域は、至極土着意識の高い土地柄である。それ故、家臣たちは主城だった清州城（現在の清須市）から小牧山（小牧市）への引っ越しでさえ移転を嫌がった。家臣たちは、居住していた清州が裕福な土地であり農作にも居住にも利便性が高かったことに満足していた。そして、統治上、尾張国の中心に位置しており、交通移動の利便性も至便な土地だった。それゆえ信長は、最初は小牧より困難な土地への引っ越し先を家臣に伝え反応を窺《うかが》った。


信長は、家臣団に言った。

「天下布武には、清州は不向きである。でそれでだ、次の城の引っ越し先であるが、美濃攻めに効果的な場所、二の宮山にする。よって、この清州を離れ二宮へ引っ越す。よいな？」

と二宮（現在の愛知県犬山市あたり）への引っ越しを提示した。

すると、家臣団からは不便な土地への転居に対して猛反対となった。

「なぜ、あのような不便極まりない場所へ引っ越しなどするのですか？　先祖伝来のこの肥沃な尾張の中央地、清州からあのような山の僻地へ移るのは絶対に嫌でござる」

やいやい文句がでるわでるわの状態であった。

「そうじゃ。殿、大体荷物をどう運ぶのでござるか。しかも敵、美濃に近すぎるわ」

と喧々囂々《けんけんごうごう》議論を始め埒が明かない。

すると信長は、代案をこう切りだした。

「それでは皆の者、小牧山はどうじゃ？　あそこなら平坦地、農耕もできる肥沃な土地も多くある。近くまで川も流れておる。引っ越しも船で悠々じゃ。肥沃な土地は、米作りにも良い。収穫されたコメの運送も楽である。稲作にも至便じゃ。水も田畑に引ける」

すると、先ほどまで猛反対だった家臣一同は、

「それは好都合じゃ。問題なしでござる。賛成じゃ」

「賛成、大賛成じゃ。小牧山じゃ、小牧築城で決まりじゃ」

と即決で大賛成となった。


信長の代案は、効果てき面だった。交通網が発達していない時代。移動は人の足か馬であり、馬を所有できるのは、ごく限られた上級武士だけだ。

当然、引っ越し作業は、家臣にとって重労働になり嫌がった。だから信長は、最初は不便な土地への引っ越しをわざと告げた。そして、翌日至便な小牧山への代案を言明したのだ。小牧には城の麓まで川が巡っている。荷物の輸送も川船を使用すれば簡単に可能だ。こうしてこの小牧案は交通の利便性が高く、家臣からも高く評価され、喜ばれる代案となった。皆、喜んで引っ越しをした。この移転は、更なる大きな副次的効果もあった。

小牧山周辺には、続いて出城がたくさん出来た。その効果としては、敵方から見れば、小牧山を中心に敵城がにょきにょきとタケノコのように出現したことになる。出城は、美濃の敵地、於久地域までわずか40キロほど先にもできた。敵方は、小牧山から見下ろ

されることになり、意気消沈し、『これでは守備できない』と判断され、一目散に犬山城へ逃げたこともあった。

信長の人心掌握《じんしんしょうあく》と戦術が、想定より上回る結果を促した。信長は実に戦略的で合理的な思考の落ち主だったと言える。そのあたりが信長は実にうまいのである。

ほどなくして、小牧城は完成した。信長は勿論、家臣の引っ越しも無事に完了した。軍議が終わり藤吉郎は、天守から城内の敷地内にある自分の館に戻った。

「帰ったぞ。寧々、母様、みなおるか？」

しかし、返事がない。

「はて、何をやっておるのかの。腹が減ってきたぞ。今朝から何も食べておらん」

藤吉郎が不思議に思っていると、土まみれの顔をした寧々と母様が帰ってきた。

「なんだあ、その恰好と泥まみれの顔は？」

「おお、今帰ったか。今な、大根を抜いておったところよ。土がいいから太くて旨い大根ができるんよ。知っておるか、冬寒く、土がいいから美味しいぞ」

笑顔でいうと２mはありそうな守口大根を見せて母様は笑った。

「味噌汁と漬物にしておだししますからね。待っていてくださいね」

と寧々は言った。

とある日、天守では信長が質問をしていた。

天性の性格上、聞きたいことが発生すると、信長はそれ以外は眼中になくなることが多い。家臣は、それも天才のなせる業だと心得ている。

勿論、藤吉郎もよく承知した上で一気通貫に話す特徴がある。この日も藤吉郎は信長の勘所を掴んで即答した。

「あの本丸、周囲の石垣でございますか？　良く信長様、お気づきで」

すると信長は、防御の門として城内に設営された巨石について述べた。

「あのような見事な巨大な石、優に8尺（2ｍ）あまりはある。よくあれだけの巨石と量を調達できたものよ、あっぱれじゃ。平城の小牧山とはいえ上まででかい石をよく運び上げたものよ。大儀である」

と信長は藤吉郎を褒めた。滅多に人前で褒めぬ信長であったが、余程気分が良いのか、労いの言葉を掛けた。

「はっ、あの石垣は、岩崎山より運ばせたもの。佐久間殿と林殿に知恵と労を借りました」

佐久間と林へのお礼の言葉をさりげなく伝える。この勘所も藤吉郎は実に押さえている。

「そうか、そうであったか。佐久間と林には儂からもよく礼を伝えておくぞ」

信長は、この仕事を行い易くする藤吉郎の言葉の進め方にも感心していた。

そのため家臣団の古参の結束は一層強くなり、ある心地よい緊張感とゆとりが生まれていた。藤吉郎の実に巧みな信長と古参の重鎮への取り入り方も悦で妙だった。まさに、一流の人たらしであり、仕事人だ。

それは、信長も古参の家臣も認めるところであり、信長や重臣たちも、天下布武への道筋が一段と近づいて行く気配を感じていく。

実際、信長の天賦の閃き、合理的な思考とそれを下支えする藤吉郎の知恵と勘所のよさ、人心掌握が長けたことも奏功し天下布武の勢いを加速させていった。

信長は更に、

「それにだ、犬走り法を策すところは見事であった。瓦礫を後ろに下げさせ(セットバック)、石割の技術で正確に採寸して割っておる。採寸もしっかりしておる。それを石垣に積み上げるとは、何たる素晴らしき術。あれは、石に溝を掘り点をつなぎ矢穴を横一列にしたな。そこにタガネを差し込み玄翁《げんのう》やトンカチで叩いて綺麗に割る技術を施していたのであるな。見事である。あれは、矢穴技法なるものか?」

信長は確信して聞いた。

「さすが信長様、お見通しでござるか。それがしの竹馬の友が、石工の専門集団にいます。穴太衆《あのうしゅう》と呼ばれる者です。長島辺りに居る石細工の専門集団です。そのもの達を日割高給で雇いました。それ故、限られた日数で完成した石垣にござります」

「そうであったか。猿、なかなかやるの」

信長は感激した。

「普通の職人では3年かけてもあのような城は出来ませぬ。いや何年かかっても穴太衆の技術が無ければ組み上げることは不可能でござる」

藤吉郎は断言した。

「そうか、できぬか。やはり欲しい人材はおるようでおらんの」

「殿も良くご存じのとおり。代わりはいるようでいないのでござります。そんな人が居なければあのようなことは何年経とうが成し得ません」

「そうよな、穴太衆による仕事、見事であった」

「穴太積み工法として、今回、技と力をお借りしました。それ故短期間で完成したものでござる」

と、藤吉郎は、にこやかに信長に伝えた。

「巨石や石は大半小牧周辺の岩と思うがよく集めたのものよ！　全て穴太衆の手柄であるか？」

「ようやってくれた、そのもの達を今後もこの尾張から美濃の地に住まわせ、仕事毎にたくさん、褒美を取らせよ。その話を聞いて益々穴太衆も師も気に入ったぞ。よう働いてくれておる」

「ありがたいお言葉。かたじけなくございます。益々お役に立てるよう励みます」

「穴太衆、師の分も含めて、黄金を佐久間に申せ。穴太衆の対価を決して惜しむな、よいな。これからも世話になる専門集団だ。これほど美しい働き、成果を上げるもの達はおらぬ。褒美を惜しまず出せよ。さもなくば、ささっと我らの元から逃げてゆくぞ。あの者達の代わりは、日乃本を眺めても、そうはおらん、大事に致せ」

「佐久間殿より褒美を仰山貰い受けて、次の成果に活かしてご覧いただきます」

「帰蝶の父、斎藤道三が亡き後、斎藤竜興を攻め滅ぼすは、なんの躊躇《ちゅうちょ》も要らぬ。あの城は、天下布武への格好の場所じゃ」

と信長は云い放った。

「猿、小牧築城やこのたびの戦術の事は褒めて遣わす。それとは別に尋ねたきことがあるのだ。美濃攻略の方向性をどう進めるかだ」

「そうですか。ではまず、私の美濃に関する現在の調略活動のご報告を申し上げます。美濃衆の中は、斎藤道三の跡取りを巡りお家騒動になる雲行きです。それで、斎藤道三殿亡き後は期待できぬと尾張衆になびくものが次々と出てきております。そのあたりが美濃攻略の糸口、好機かとも存じます！」

藤吉郎は美濃の最新情報を告げた。

「何？　それは誠か？　聞き捨てならぬ良い報告だな。引き続き調略活動を続けよ」

信長がほくそ笑むと、仕事の疲れがいっぺんに取れた藤吉郎だった。

猿の調略と墨俣一夜城

◆永禄四年（1561年）

この頃は、儂は浅野長勝の娘、寧々と婚儀を挙げたな。親戚の少ない儂は、母、実の弟、秀長（秀吉の名補佐役となる）、嫁となった寧々、寧々の弟が加わることになった。

当然、この婚儀は儂の仕事にプラスに働かないはずはなかった。この頃の儂は、仕事を通じて主君、信長様への心酔は深まるばかりであった。そして自らの技量を磨き続け信長様の天下統一に役立つよう身命《しんみょう》をとす勢いで職務を全うしていた頃だったなあ。

藤吉郎は帰宅すると、

「寧々様、今日は信長様より日頃の働きの評価で小人頭の雑用係から足軽組にして頂きました」

と報告をした。

「お前様、それはようございましたな。おめでとうございます」

寧々は嬉しそうに褒めた。たまたま藤吉郎の家に立ち寄っていた弟の小一郎と義兄浅井長政も大層喜んだ。

「兄者、おめでとうございます。百姓の私は羨ましく感じます。私の誇りじゃ」

（この頃は、弟秀長は、まだ侍にはなっていない）


それから藤吉郎は、信長や吉乃の見立てどおりの大活躍を遂げて行く。そんな中、いつものように、小牧城大広間では、主だった武将が集まり、軍議が執り行われていた。

冒頭に信長は、

「いよいよ美濃、斎藤竜興勢を我が配下に置く日が近づいてきた。そのための軍議をする。では、丹羽より進めよ」

「はっ！」

「まず、岐阜の攻略には斎藤竜興の館を攻め滅ぼす事が必定。されど前面の敵もさることながら、難攻不落の城を落とす前には、より多くの調略活動と情報収集、そして美濃中枢を攻略する足掛かりとなる出城を、竜興の領土内に築くことも必須である。おのおの方の意見を聞きたい。何か策はないか？」

と発した。

だが、誰も意見する者が無くシンと静まり返っている。

すると、藤吉郎は下座から威勢よく声を発した。

「どうか藤吉郎に発言の機会をくださいませ。調略活動の成果をお伝えします」

「申してみよ」

「は、美濃周辺への調略活動の成果として、美濃国、松倉城主（現在の岐阜県羽島郡川島町）坪内利貞・大沢基康を我が方に裏切らせ、味方につけもうした。更に、美濃の武将を織田方への引き抜きに成功してございます。よって、美濃の竜興の館や様々な情報を入手いたしました。今後の戦術に大いに役立ちます」

と藤吉郎は力強く言い放った。更に、

「ゆくゆくは、今回の見返りとして彼らに所領の安堵をお願いしたく存じます」

と進言した。


実際、永禄8年（1565年）、信長は、坪内利定に美濃国、尾張国両方の国の国境付近の所領支配を認可する書状、知行安堵状《ちぎょうあんどじょう》を出している。更に秀吉は、彼らへお礼として副状《そえじょう》1通を秀吉の名で公式に出している。これが確認された秀吉最初の発給文書である。

那古屋を出国して以来、草鞋売りや針売りの行商で諸国を流浪しながらの生活により、情報収集能力、探索、人心を引き付ける術にはずば抜けて長けていった。そしてその経験と能力が、今回も大いに役に立ったのだ。

信長は、

「ほう、さすが、やるな。猿、いや藤吉郎、よくやったぞ。褒めてつかわす。……されど、どこに築城するが一番適切かの？　誰でもよい、意見はあるか、意見のあるものは述べてみよ」

多くの重鎮、家臣に率直に聞いた。

信長の質問に誰も応えないでいると。

またもや藤吉郎は末席から進言した。

「長良川に沿った場所に築城するのが良いかと存じます。大垣あたりが最良かと存じます。私の意見は、引き抜いた美濃衆の坪内・大沢の意見とも一致しており申す。敵の本館《ほんかん》、出城も近く、地の利もあります」

「ほう、そうか。それで大垣か？」

更に、

「墨俣《すのまた》あたりでは、いかがでしょうか？」

と藤吉郎は聞いた。

信長は、広い真新しい天守に居並ぶ重鎮を見渡しながら言った。

「そうだな。藤吉郎の言うとおり、墨俣に急ぎ築城し、美濃攻略の足掛かりにしようぞ。誰か希望者は居るか？」

しかし誰も発言しない。

「今回の築城は、佐久間と柴田らに任せてみよう。重鎮のそちら2人で早々に築城せよ。

権六、よいな判ったか？」

信長は眼光鋭い目で2人を睨みながら述べた。

「は、早々に築城してご覧にいれます」

と柴田は豪語した。

「ご一同、それでよいか？　では、それで行こう」

こうして軍議は散会となった。

しかし幾日、幾週間経ても両名は、竜興の攻撃をまともにくらい、築城はおろか土台さえ造営出来ない日々が続いた。築城は、難所を極めた。


次の軍議の席上、信長は激高した。

檄を飛ばす信長は、上座に座る2人の家臣の面前で物を蹴散らしながら吠えた。

「お主ら織田軍団の範を示す重鎮2人が一体何をしておるのだ！　この、うつけの役立たず者、おのれらは、やる気があるのか？　あれからどれほど時間が経たのか判っておるのか？　お主らはぶら下がりの蟻か？　そのような働かぬ重臣は、織田軍団には要らぬ」

「す、すみません。いかんせん、竜興の攻めもきつく……」

佐久間と柴田が言いかけると、軍議の下手の方から藤吉郎が声を発した。

「信長様、私、藤吉郎ならば3日で築城させます。どうか私に差配を。墨俣に築城できれば、敵の館までわずか3里ほど、攻め入る場所には好都合でございます」

「おお、藤吉郎か！　よし、そなたはできると申すか？　ならば、そなたに全権を委譲する。早々に築城せよ。必要な物は全てこの佐久間に申せ。佐久間、よいな、判ったか？」

「御意に」

　と佐久間は恐れおののき、平伏した。

「殿に役立つ働きをお示し申し上げます」

藤吉郎が言うと信長は、

「だが藤吉郎よ、どのようにして進めるかの概略だけは申せ」

　と命じた。すると藤吉郎は、

「はっ、美濃の川並衆に幼少より知り合いの蜂須賀小六がおります。彼ら蜂須賀党《はちすかとう》の力を活用して出城、築城に役立ててみせます」

　と神妙に言った。


　しかし、この小男の藤吉郎は、口上どおり、わずか3日で墨俣城を築城させた。


「木下藤吉郎、見事、あっぱれじゃ。墨俣築城、誠に見事。みなのもの、藤吉郎を見習え」

「ははー」

　家臣一同が平伏している。

「藤吉郎には、褒美として金銀それぞれ30枚を佐久間に申し付けてある。受け取るがよい」

「はは、ありがたき幸せにござります」

「ところで猿よ、佐久間や柴田が何カ月もかけて出来なかった築城をわずか3日で完成させたその訳をこの役立たずな者どもに教えてやれ」

「かねてより我が師、殿も知る、蜂須賀より長良川の者たちを調略していました」

「おお、生駒の吉乃の屋敷におった我が家臣の蜂須賀か、懐かしいのう」

「はっ」

「して、その方法は？　いかがしたか申せ」

「はっ、夜半より長良川の上流から築城に必要な木材を大筏で下手へ流しましてございます。すでに必要な部材は切り分け、部材を組み上げ、それを筏に載せて流しました。途中、墨俣の受け取り地点は、太い縄《なわ》で材料が下流に流されないように関を作りました。後は、各部材を陸に上げ、大工と棟梁10人を5組に分け、土台、柱、壁、天守、内装を分担で競わせ築城を夜のうちに仕上げさせました」

「しかし、竜興によく見つからず、邪魔が入らなかったものだな？」

「はっ、昼は布で覆い何事もないよう見せかけました。敵を欺き、仕事は夜のみ実施することで無事に完成させましたのでございます」

　と藤吉郎は説明した。

「なるほどの。皆のもの、これが働く蟻の見本である。実に良き。見習うように」

信長が褒めると、信長に心酔する藤吉郎は、益々意気揚々と次の仕事に邁進する気概を強くした。

軍議を終えた藤吉郎は領内の館に一目散に帰り、寧々と母様に報告する。

「帰ったぞー。殿からのほれ、このご褒美を見ろ、金銀入り巾着だ。すごいだろう」

「お帰りなさいませ。まあ、なんてことでしょう。こんな黄金見たことありませんわ。母様見てくだされ、藤吉郎様がまたこんなに」

「ありがたいの、畑がまたたくさんできるわ」

と寧々と母様、みんなで喜んだ。

美濃攻略の想い出

藤吉郎は、目を閉じて美濃攻略から岐阜城移転、光秀が台頭しはじめた頃のことを思い出していた。

小牧城天守の軍議後、信頼厚い藤吉郎と同じくして、好敵手となる様相を強めていた光秀も天守滞在時間が増えていた。それは、信長が、光秀に逢った日から光秀に重きを置いていた証しでもあった。永年仕えてきた藤吉郎は、光秀の脅威をひしひしと感じていたが今日も天守で信長との会話を弾ませる藤吉郎がいた。

「さて、殿は今からなにをなさるおつもりで？」

「今日、軍議の後までも、そなたを留め置いたのは、そのことよ。藤吉郎、小牧を築城したが、ここは少し手狭だと思わんか？　防壁には資金を浮かすため天然の川と堀を利用した。だが所詮は平城だ。天下無敵とはいかぬ。水の利も薄い。天下布武に足る城を違う場所に求めないといけない」

信長はそう言うと、阿吽の呼吸で藤吉郎の回答を待った。

「そうですな、この小牧を拠点にして早々に美濃攻略の準備を行うが必定かと。その点、美濃勢は小牧城を見るなりさっと開け渡す城も現れもうした。それゆえ早めの戦術が必要かと存じます」

「そうだな。道三とは条約を結んでおるが、あの斎藤家は分裂の兆しがあるとの噂が絶えない。帰蝶も心配しておる。道三殿の体調もすぐれぬようだ。そう長くは美濃の牙城は持たない、と見ておく方が得策かもしれんな」

と懸念する信長に、

「家臣団は屈強でござるが、隙ができるかもしれませんな。あの息子たちは腑抜けゆえ、親父殿の天命が尽きた後が読みですな」

と藤吉郎が言った。

すると

「道三殿の領地内で最初に謁見した際、お前もおったのぅ」

「あの聖徳寺《しょうとくじ》での謁見の件でございますな」

「そうよ、儂はいつもの出で立ちで行き、長槍隊、弓隊、鉄砲隊を従えて会見に臨んだあの件だ。その陣触れを見て道三の家臣が、あの大うつけでは、儂らが尾張を乗っ取ったも同然ですなと笑ったそうだ」

信長は顎に手をやりほくそ笑んだ。

「そのようなことを家臣が道三殿に申されましたか?」

藤吉郎が驚く。

「そうよ。しかし、その後だ。それを聞いた道三殿は、『馬鹿な奴らじゃ。竜興含め儂の息子どもは阿呆じゃ。信長の馬を引き軍門に降《くだ》るは、竜興自身と気がつかぬとはなんと情けないこと』と嘆いたそうだ」

そう告げる信長に、

「さすが油売りから一国一城の大名にのし上がった道三殿ですな。殿の器量才覚《きりょうさいかく》を一瞬で見破ったとは、いや、恐れ入りました」

猿顔の藤吉郎は、さらに顔に皺を寄せて喜んだ。

「まあ、そんな戯言より、道三殿の体調もあまり良くないようだ。斎藤道三、帰蝶の父が存命のうちは、同盟により尾張も安泰。しかし道三殿が他界すれば、盟約は一日で破綻になる。そこらあたりが狙い目よ」

「一気呵成に美濃を平定する段取りですか？」

「その通りよ。だがな、稲葉山城は難敵、手立てを講じる必要があるぞ」

「そうですな、そこはお任せください。敵の調略は私の得意技です。その辺りは、既に有能な美濃三人衆と言われる、安藤守就《あんどうもりなり》、稲葉一鉄《いなばいってつ》、氏家卜全《うじいえぼくぜん》らの３人は、斎藤竜興に辟易としている情報があります。そこを突きます」

「なに、やはりそうか。それを使わない手はないな」

「御意、早速調略して引き抜きます。織田家に役立ててみせます」

息巻く藤吉郎に信長は、

「よし、まかせたぞ。まだやる事がたくさんあるからの。美濃平定後は、小牧の居城を移す。難攻不落な親父殿、斎藤道三が館、稲葉山を我が居城にするぞ。改修しての。家康とも同盟強化し、儂と共に働かせるつもりだ」

「稲葉山城を居城にする、その支度も抜かりなく並行して進めなければならぬ。よいな、そうだな、長良川河川を天然の擁壁《ようへき》にする。あの気高い岩山の上の館を修繕する。居城するための準備が必要じゃ。猿、調略活動を含め戻り準備にかかれ。また、小牧のように石垣も多く必要とする。まずは、美濃三人衆の引き抜きと合わせて手ぬかるなよ」

「御意、全て言わずとも以心伝心でござる。帰って美濃三人衆と穴太衆に調略を仕掛ける交渉を継続いたします。では御免」

下がろうとする藤吉郎に向かって、信長は語気を強めた。

「必要な物は出し惜しみするではないぞ。金銀、茶器、仰山だしてやれ」

「殿、早速手配いたします」

斎藤道三の病死を待たず、道三は息子竜興に殺された。予想どおり、竜興は家臣に見放され屋台骨から瓦解していく。しかし、美濃攻略の小牧築城から約4年余り時間を要した。この頃から藤吉郎は、自分より後に士官したライバル光秀の勢いに押されがちに

なり、他の宿老のように信長に扱われないか疑心暗鬼になりかけていた。実際、光秀が最初に宇佐山城及び坂本城城主になり、藤吉郎は光秀に遅れること2年、長浜城の城持ち大名になった。

◆永禄10年~元亀4年(1567年~1573年)頃

「次の城の築城準備は、どんな具合だ?」

信長は藤吉郎の行方の確認と合わせて筆頭の丹羽長秀に尋ねた。

「藤吉郎が調略と平行して、瓦、石垣、土塀、築城材料を近隣の商人から大量に買い付けをいたしています」

「商人は誰じゃ?」

「大坂で手広く商いする茶屋四郎次郎とか申す者です」

「なに? 奴が力を貸していると申すか? それは心強いことよ。穴太衆も参集したか? ますます良いな。小牧築城の折、平山を早期に築城できたのは彼らのおかげだ。稲葉山城陥落後は我が居城とする。そこから天下を取る。よいな」

その数日後、小牧城では評定が行われていた。

小牧城下の館に住んで居る主だった諸侯らは、城の大広間に参集した。集まった諸侯には、尾張から林、柴田、佐久間、木下、蜂須屋らが居た。三河からは水野、美濃からは森、坂井、稲葉、安藤、伊勢からは滝川、神戸達が参集していた。

「皆のものども、大儀である。いよいよ美濃攻めの具体的な方策を算段する時期が来た」

信長が口火を切ると、藤吉郎が言い放った。

「我ら結束し、美濃斎藤竜興を滅ぼしましょう。美濃に精通する美濃三人衆も味方になりもうした」

すると、明智が静かに述べた。

「信長様、斎藤竜興は、我が一族、明智光継の娘、道三の正室、小見の方。竜興は、父である道三を殺し小見の方を加勢した我が一族、明智城を攻め滅ぼした憎き敵。拙者が先陣を切って攻め申す」

と光秀が秀吉を意識して信長に猛然と主張した。


実際、斎藤竜興は、父、斎藤道三を打ち破った勢いで、道三方の味方についた明智光継と親族、城を攻め落としていた。

そのとき、明智光秀は命からがら身重の妻を背負い越前に逃亡した。その後朝倉に士官した後、信長及び朝廷に士官をして現在に至っていたのだった。

「おう、確かにそうよの。光秀よ、帥《そち》にとっては憎き宿敵だな。きばって働け。蹴散らせ、玉砕させよ」

信長は光秀の朝廷へ伺候した経験と文武両道を兼ね備えた能力に期待し檄を飛ばした。

藤吉郎は最近、後発の光秀の快活な快進撃に脅威を感じ、信長様の自分への信頼が揺らぐのではないかと、更に懸念を強く感じ始めていた。


有言実行の織田信長は、軍議のとおり差配し稲葉山城の攻略に成功した。稲葉山城を落とした後、下井口の名を岐阜と命名した。そして居城を岐阜城と名付けた。岐阜城は、自然な砦の上に築城された天然要塞の様相を呈している。標高328・8m、金華山頂に強固な城が鎮座した。


信長は、軍議の席で諸侯に向けて下知した。

「みなのもの、岐阜の城には、儂の居城以外にお前たちの館を城内の敷地に修築せよ、よいな。息子信忠の詰《つめ》の城と館も改修するのだ。儂の意向を天下に知らしめるため、瓦は金箔の黄金瓦であしらえよ。飾りは、そうだな、牡丹が良いな。方形（四角形）での菊紋と牡丹が良いぞ。新しい城下は、長良川の水と山の恵みを活かすぞ。物流と人、食と文化を育む街にする。新しき経済圏を岐阜に作るのだ。川の鮎を鵜匠に獲らせ、客人の前で調理させる。山菜、肴、茶器でもてなすのだ。伴天連《ばてれん》や商人を仰山招き、迎賓館をこしらえ、そこで盛大にもてなすぞ。よいな、藤吉郎」

「はっ！　御意。全て手抜かりなく準備いたします」

こうして信長、家臣一同は、当初の予定どおり岐阜城に居を移していた。

岐阜城の敷地内に館を移した藤吉郎と家族はとても満足げだった。

仕事を終え帰宅した藤吉郎は寧々や母様に言った。

「小牧の城も良かったが、岐阜の城も眺めが良い、長良川や山々が四季折々にとても美しいのう。寧々や母様は、脂の乗った香り豊かな長良川の鮎を堪能してくだされ。美味しいぞ、たくさん食べてくだされよ。山の幸も美味しいぞ」

「ありがたいことですわ。藤吉郎様と信長様に感謝せねばいけませんね」

寧々と母様は大変満足げだった。


岐阜城下は、山の幸、川の幸、焼き物が盛んになり、信長の思惑どおり豊かな土地、食文化で戦のない町を創出することが出来た。

城下には約１万もの人が集い、賑わう城下町となる。信長はまさに天が与えた天賦の才を発揮した天才だった。小牧城もそうだが、岐阜城においても、過去に前例が少なかった通行税を廃止した。当然、無税で商売は活気づく。信長の領土内、尾張・美濃には、一気に人が全国から集まり、壮大な活気を呈した。楽市楽座（城下町を繁栄させるため、特権廃止や市場税を廃止）により商人が自由に活動できる新しい商業経済圏ができあがったのだ。

浅井の裏切りと敗走　藤吉郎と光秀

◆永禄12年（1569年）~元亀元年（1570年）頃

軍議が開催されるなか、藤吉郎はますます光秀を意識するようになっていた。

最初に重鎮の柴田が口火をきり檄を飛ばした。

「おのおの方、軍議再開じゃ。いよいよ次なるは、朝倉義景を殲滅《せんめつ》するときじゃ。上洛するため、近江支配に対し、朝倉は、殿に従わず邪魔だてしおる。よって、近江統一を図り上洛する。その前に北陸制覇だ。すでに殿の妹君、お市の方が輿入れした浅井家とは、姻戚関係。よって朝倉を我が殿に組み伏せる朝倉の成敗に協力するは必定。もはや挟み撃ちで勝ったも同然だ」

柴田が発言し、具体的な陣取り段取りを決めていく。

「良くぞ申した権六、皆の者、ここで越前、越後、叡山を討ち、琵琶湖を征したあとは、西国への足掛かりを強固なものにしようぞ。そして、安土に城を移すぞ」

信長が言い、約3万の兵を率いて若狭国に陣取った。しかし、予想を越えたとんでもない凶報が入った。

「浅井謀反、同盟破棄、浅井長政陣営、北近江から越前へ進軍中」

早馬が書状を握りしめ軍議の場になだれ込んできた。

「何と言ったか？　浅井が造反と？　誠か？　信じられん。もう一度、よく調べよ」

と信長は下知を下した。

しかし、各地からの報告は皆同じであった。裏切られたのは、信長だった。挟み撃ちになるは、必須。敗戦の色が時を過ぎる毎に濃くないっていく。


「信長殿、時間がありませぬ。一刻も早くここから脱出を！」

と佐久間が、いきり立つ。

「何が不満だ。やつめ、朝倉を選んだか！　浅井長政、くそ。儂はまた裏切られたのか？是非に及ばず、撤退する」

信長は決断した。

軍議は、一気に信長を京を経由して尾張領国へ逃げさせる手立てに変わった。

すかさず藤吉郎が席を立って発言した。

「信長様、ここは、信長様に拾って頂いた我が命、私が殿《しんがり》を務めます。裁可を！　皆様は、信長様を連れて急ぎ、生きて岐阜へ。態勢を整え私の代わりに裏切り者浅井朝倉を成敗してくだされ」

藤吉郎が言い放った。

するとで光秀も席を立ち言い放った。


「木下殿、何を言いなさる。我も同じ美濃の弱小武将の家来であった。明智城落城の折、地方へ逃れ落ちたこの光秀、丁稚小僧や寺での浪人生活は10年あまり。信長様にこの身を拾っていただいた恩は私も同じ。殿《しんがり》を務めもうす。私が信長様をお助け申す」

すると信長は、

「おお、よう言ってくれた。光秀、藤吉郎、おお、勝正もか。嬉しい限りだ。しかし、命は粗末にするなよ。必ず生きよ。生きて岐阜へ戻ってこい。よいの。皆の者も生きよ。死ぬではないぞ。一刻を競う。ささっと逃げるぞ。我に続け！」

と言うなり、馬にまたがり一気に朽木峠を抜け、京経由で岐阜の領国を目指し駆けに駆けた。


その頃、長浜には、寧々と母様宛ての藤吉郎の書状を携えた武者が到着していた。それを読んだ寧々は、

「どうか藤吉郎様を助けてください」

寧々と母様は泣き叫んだが、

「大丈夫、あの子は日輪の子じゃ」

と母様は寧々を慰めた。

一方、越前に残った織田家筆頭の重臣2人と池田殿が語り合っていた。藤吉郎と光秀と池田殿は、いかに本隊から浅井・朝倉軍を遠ざけながら、我が臣団を殺されず、温存させながら帰任するかについて意見を交わした。

光秀は緻密な才能をここでも発揮した。

「拙者の部隊は、地形を活かしながら後退と攻撃を繰り返し、本隊の戦場からの離脱情報の漏洩を可能な限り遅らせる策略です。敵の目をあざむく為各隊の旗を利用したく所望した。旗印でうまく時を稼ぐつもりだ」

藤吉郎は、金ヶ崎城に残り、銃、長槍隊、弓隊、足軽隊、騎馬隊、柵防を急ごしらえさせて、不眠不休で敵隊を散らしながら果敢に殿を務めようと意見した。

そして、

「そなたは、ここで織田軍への追尾の遮断を頼み申す」

「よし、では儂はこのルートで迎え撃ち織田軍を守り抜き、防戦いたす。では、互いに生きて岐阜で会おうぞ」

「皆の者、この道を一歩たりとも越前浅井・朝倉の兵を通過させるな！　鉄砲隊、槍隊、弓隊、足軽隊、準備は良いか！　それぞれの部隊は、守りながら攻め、攻めながら引き、殿という命がけの戦法を果たせ！」

互いに笑い、今生の別れの盃を酌み交わした。

かなりの死傷者が出たのは、言うまでもない。死に物狂いという言葉どおりの激戦を潜り抜け、藤吉郎は、ほぼ無傷で帰還した。それは見事な采配であった。その吉報を信長は聞き、到着をとても喜んだ。

「殿、戻りました。藤吉郎にございます」

藤吉郎は無事の帰還とそこに至る経緯をつぶさに報告をした。

「おお、無事で何より。怪我はないか？　どこも大丈夫か？　こたびは大儀、黄金50枚を与える」

「はは、ありがたき幸せ」

藤吉郎が平伏すると、柴田、佐々、佐久間、前田、丹羽、皆が周囲に集まってきた。

「これは、皆様もご無事で何より。それがしは大丈夫です。それより明智光秀殿はまだですか？」

藤吉郎は心配して尋ねた。

「それが、まだじゃ……」

「途中までは、互いの姿は確認できもうした。が、激戦になるにつれ、向こうを見る余裕も何もなくなり、以降見えんようになった。凄まじい戦さだったわ。明智殿は無事かのう？　無理かのう？」

藤吉郎は不安な言葉を吐露する。

城での報告を終えて、藤吉郎は長浜の館に帰った。

藤吉郎を見るなり秀長と寧々は大戦からの生還を心から喜んだ。

「お前様、無事に生きて帰られ、おめでとうございます」

寧々は藤吉郎をきつく抱きしめた。

「おい、皆が見ておるわ、恥ずかしいではないか?」

と照れる藤吉郎だった。

しかし、藤吉郎の無事な生還は、奇跡としか言いようがないものだった。


藤吉郎帰任から数日が過ぎた日、岐阜城天守に野太い声が届いた。

「明智光秀殿、只今、ご登城いたしましてございます」

と近習が叫んだ。

「なんとか無事に戻りました」

光秀が報告と挨拶をした。

「おおう、光秀も無事か！　そうか、そうかよかった」

信長は涙を浮かべ、家臣の無事な帰還に安堵した様子であった。

今回の殿では、木下秀吉と明智光秀、両雄の有能さを信長と諸侯に強烈にアピールした。

相互に信長との信頼関係が一層強まる捨て身の戦となった。

ここでも信長は、身内の裏切りにあい、命を危うくした。だが、頭脳明晰な藤吉郎・光秀に助けられなんとか無事に岐阜に戻ったのだった。

猿から羽柴秀吉へ

儂は、家族との関係性があれ程こじれ、揺れ動いた時期が未だに忘れられないわ。酷い戦続きだった。吉乃様が亡くなり、信長様の心も変わり、人ではないと思うたが、その頃の戦から殿を身近に感じることもできたわ。

北近江攻めあたりからよく気持ちも通じたな。実は、儂は人を殺めるのが大嫌いだ。殿は、美濃統一後、家康様との同盟関係を活かし上洛を試みたが、織田家は予想外に周囲と軋轢を生じ始めていったわ。そのたびに儂らは意図せぬ大小の戦にまみれた。しかし儂は、殿の意向に従いつつも殺し合いを回避する懸命な知恵を絞った。酷い戦では、生還しても寧々と母様がうるさくてかなわなかった。儂自身、心も滅入ったし、戦と家族と自分の心の安寧のため懸命な努力をしたなあ。

あれは、北陸平定の前だった。犠牲者を減らす儂の一計は、六角氏の所領、観音寺城の戦いの最中でも発揮されたわ。その一計は見事に的中して成功したな。儂は、六角氏の主城の観音寺城より更に奥にある箕作《みつくり》城を夜、人を逃がしてから、火をつけさせたわ。赤く燃えた城は、漆黒の闇に炎が風で強く舞い上がったわ。白地に黒の四角印の敵の旗印が漆黒の闇に燃えて散った。それだけで演出は完璧だったな。炎にまかれた城は落ち、主城は孤立した。するといとも簡単に本城も無血開城となったな。

次は、伊勢の松阪攻略だった。阿坂《あざか》城の戦いで敵の大宮氏家臣を言いくるめ味方に裏切らせたことでも勝利に導いたな。


しかし浅井・朝倉討伐に3年もの時を要したのは、予期できない、どうしようもないことだったわ。

儂の力ではどうもできなかった。周囲の殿への軋轢《あつれき》が大きすぎたのだ。


浅井・朝倉は、殿が三好三人衆の討伐にでたときに合わせて意図して再蜂起しよったわ。実に汚いが、あれにも参った。

石山本願寺、叡山の抵抗、全てがほぼ同時多発的に発生した。

裏切りにより浅井・朝倉に挟まれて逃げた殿の金ヶ崎の退き口は特に酷かったな……。

儂も光秀も命からがら逃げおおせた。殿は先に街道を駆けに駆け、京都経由で本国へ逃げ帰ったが、電光石火、戻るや否や浅井・朝倉討伐の軍議を開き、わずか2ヶ月後には北近江に戻った。

すさまじかったな。その軍議では、殿はえらい剣幕だった。

「これより、憎き裏切り者の浅井を天下布武のため、近江平定、上洛支援を拒んだ朝倉も撃破する。皆のもの意見を述べよ」

このとき儂は、殿に奥の手を告げた。

「信長様、藤吉郎は、浅井軍の重臣である堀秀村《ほりひでむら》を織田方に寝返りさせました。調略活動が奏功し、今後は殿に加勢致します」

するとイライラの殿は、

「なに？　堀を味方につけたと言ったか？　でかしたぞ猿、いや、藤吉郎」

と気分が良くなり褒めてくれたな。

堀秀村の居城である横山城を味方につけることに成功した。その横山城は、浅井の情報の核になっておった。主城である小谷城の情報は、横山城で一旦集約させる城になっていたのだ。

横山城を失った浅井は情報取集能力が無くなり、遂に浅井軍は小谷城から前面に出る以外、戦う術が無くなったわ。


その後の姉ヶ崎の戦いは酷かった。あれは、戦嫌いの儂の策でもどうにもならなかったわ。今でも思い出すと涙が止まらないな。

あのときも北近江の浅井は、再三の殿の上京支援要請を断固として拒んだ。当然、殿は浅井・朝倉軍を討つため家康殿を帯同させた。

「もうあかんわ、たくさん人が死んでしまうわ」と、儂も観念したわ。

殿の性格上断固とした処置をすると思ったわ。さすがの儂も殿の手前、檄を飛ばすしかなく、皆が畿内を目指し駆けに駆けた。

信長軍と家康軍は姉川を挟み、浅井・朝倉軍と対峙する形になったな。信長様と家康様の連合軍が約3万に対し、浅井・朝倉連合軍は約2万の軍勢だった。そして遂に火ぶたが切って落とされ大激戦が始まったわ。しかし、両軍固唾をのんでしばらく膠着状態が続いたな。

姉川は、伊吹山からの清流が流れ琵琶湖に入る、水流清らかな鮎マス等の魚が泳ぐ綺麗な川だ。その姉川を挟み信長様の永楽通宝の橙色の旗印と家康殿の白と黒の旗印が並んだ。対岸には、浅井・朝倉連合軍の六角形の白地に黒の旗印がずらりと対峙して並んだわ。

そのときの儂の役目は、敵の勢いを削ぐことだった。殺さないで力を萎えさせることしか考えなかった。

儂は、鬼になり吠えた。

「信長様の天下布武を邪魔立てする浅井・朝倉の勢いを削ぐ。これより小谷城の城下全てを焼き尽くすぞ」

しかし本音は、早よう逃げてくれ、頼むと心の中で思っておった。

すると姉川の両岸は、鉄砲の黒い筒が朝日に照らされ黒く鈍い光を出していたのが見て取れた。風の音になびく草木の音以外何も聞こえないほどしばらく静寂だった。

両軍が姉川を挟みにらみ合っているとは思えない、それほど静かだったのだ。そのとき静けさを破り信長様が号令を発した。

「浅井・朝倉軍に物言わせてやれ。撃て、撃ちまくれ」

号令と共に一斉にオレンジ色の火花と白煙と轟音が姉川の青空の下に響き渡ったわ。

「パン、パン」

ついで長槍隊、弓隊も死闘を繰りだし、もう駄目だった。どうにも止めようにない。

しばらくするとどこからともなく声がした。

「おい、見ろ。湧き水のように澄んだ姉川が一変したぞ。倒れた兵の血が流れ入り、川面は真っ赤に染まっていくぞ」

それはまるで椿の花を敷き詰めたように真っ赤に染まっておった。

当初は、勝負の行方は浅井勢有利に進んでいたが、激戦を制したのは家康様本陣だった。浅井・朝倉軍の隊が縦に延びた瞬間だった。家康殿はその瞬間を逃さず、家康軍が浅井・朝倉連合軍を側面から突いた。この攻撃で浅井・朝倉殿の軍は総崩れとなった。

儂は呟いた。

「少ない兵の犠牲で済んだことは、家康様の手柄じゃな」

家康軍の奏功が、織田軍に勝利をもたらした、しかし、残念なことには、昔から大変世話になった織田の重鎮、森可成《もりよしなり》様や信長様の弟、信治《のぶはる》様が討たれてしまったことだ。とても辛く悲しい報であった……。

この後、儂は、小谷城の戦いでも遺憾なく力を発揮した。小谷城近くにある虎御前山《とらごぜんやま》で砦の守備を仰せつかった儂は、攻めてきた浅井・朝倉軍を撃破して勝利に導いた。

信長様は、この戦いを終わらせるのに都合、3年もの月日を要した。その大きな理由《わけ》は、浅井・朝倉と延暦寺が通じていたからだ。奴らは敗走兵を匿《かくま》い、物資の補給と加勢で織田軍を苦しめた。それゆえ、順風満帆《じゅんぷうまんぱん》とはいかなかったのだ。

殿は、浅井・朝倉の弱体化を図るべく延暦寺を焼き払う決心をしたのだわ。
儂も延暦寺、一向宗を攻撃、焼き払う事で、浅井・朝倉の補給路を断つ戦に加担した。半兵衛の知略と家康の榊原による攻撃で浅井氏滅亡に追い込んだ。
そして朝倉氏も滅亡に追い込んだわ。

儂の戦嫌いもあるが、延暦寺焼き討ちや一向宗の討伐は、一部の武将だけでなく、寧々や母様も猛反対だった。伊勢長嶋の一向宗の鎮圧、白山城の攻略に奏功したが、あれは本当に嫌な汚れ仕事であった。母様に酷い言葉も浴びせられたわ。

「藤吉郎！　なんて罰当たりな子じゃ。尻を出せ、母様が叩いてやるわ。城下の街を焼け野原にするとは、叡山を焼き討ちするとは、地獄に落ちるぞ。尻をだせ、尻を」

「寧々や、助けてくれ。母様が本気で怒っておる」

といくら叫んでも、

「今回は、いくら信長様の言いつけでも私には理解できません。なので知りません。母様に叩かれなさい」

とさすがに寧々にも諦められた。

母様の厳しい叱責も寧々の反対も堪えたわ。儂もしたくは無かった。バチが当たると感じていたわ。

儂は言い返した。

「寧々、聞いてくれ。相手も汚い手を使ったんだぞ。叡山では、僧兵が若い女子供を盾にする輩もいたのだ。武道を仕込み戦う子供や女子を兵士として育成するとんでもない者もおったんぞ。外見では善人か悪人かわからん。それで殲滅《せんめつ》作戦になったのだ。あれは不可避だったわ。自分に云い聞かせ奮い立たせて戦ったのだ。でないとこっちが殺されていたわ」

それでも2人は聞く耳をもたなかった……。さすがに疲労困憊した儂は、信長様に助けを求めてことの顛末を詳細に相談した。

すると信長様は、寧々と母様宛てに丁寧な詫び状をしたためてくれた。

「此たびの小谷城、叡山焼き討ちは、藤吉郎の命でなく、全て信長の命令であり天下布武安寧のためとお堪え下さい　織田信長」

とあった。

寧々と母様はその書状を見て抱き合って泣き叫ぶばかりであったなあ。

秀長もただ見守るしかできなかったわ。


浅井の主城、小谷城の戦いでは、こんなことがあった……。

或るとき、家臣が叫んだ。

「木下様、北から浅井・朝倉軍が姉ヶ崎の陣営を目掛けて攻めてきます」

「よし、信長様、徳川様を守り抜け。鉄砲隊、前に、構え、撃て！」

「バン」

何百発もの弾丸が敵将中心に目掛けて放たれたわ。

儂は、比叡山焼き討ちでは明智光秀のように残忍で積極的ではなかった。光秀の残忍さを軍議で知った儂だが、叡山焼き討ちには賛成せざるを得なかった。回避出来なかったのは残念だった。

戦や政《まつりごと》に自信を深めていた儂だが、絶対に安寧を守り、天下布武と民、百性の安寧のためにも更に実力が必須と思い知らされた。この頃は、信長様より儂の方が良い方策だと思える点もいくつかあったわ。だが、怖くて言えなかったが……。

長浜城の城主になった儂は、苦しめた分、長浜の民の繁栄安寧にはまだ力不足であることも悟ったな。その後の政にも想いを強く持ったわ。

上洛後、殿は儂に京に残らせ、朝廷との役務を仰せだった。そのためには文治の書類業務にも長けねばならなかった。書類業務をこなしながら、中国四国地方の勢力を味方に付けねばならぬ。だが、高松の領主は、我が殿の意向にそぐわぬ感じも受けていた。

信長様は、光秀に強く肩入れしている。古株の重鎮の柴田様、佐久間様、皆、殿の意にそぐわないため、働かぬ蟻と処断されている。

儂は自信がありつつも、いつ儂もそうなるか、それを考えると夜も眠れなくなりそうだった。

それで儂は、調略行動、補佐役の秀長、参謀の半兵衛、黒田長政らと強い軍団を堅持する決意をした。

これらの一連の仕事は、大いに殿に認められた。そして、ようやく儂も殿に功績が認められ、光秀に2年遅れて長浜城を拝領し一国一城の主になったな。

軍議の席で信長様は言った。

「帥の姉ヶ崎から金ヶ崎の殿《しんがり》、小谷城の戦働き、一向一揆鎮圧は実に大儀。帥《そち》を今より、木下藤吉郎改め、羽柴秀吉とする。元年（１５７３年）に、重鎮の丹羽氏と柴田氏からそれぞれ１文字ずつを貰い、羽柴秀吉となった、岐阜城天守の重鎮の皆様が居並ぶ面前で信長様から儂に言い渡されたわ。

この殿の口上は実に嬉しかった。

「ははっ、ありがたき幸せ、益々殿への忠義に励みます」

と平伏したな。


帰宅すると、直ぐに家の者に報告した。

「寧々や秀長や、帰ったぞ。殿から名前を貰ったぞ。儂は今日から羽柴秀吉だ」

「兄者、な、なんと、兄者が羽柴秀吉というのか？　すごいの！」

「お前様、名前を信長様から貰いなさったと？」

「藤吉郎ほんとうか？」

母様も喜んだ。

弟の秀長は、儂をきつく抱擁したな。

「痛いぞ痛い。秀長、きついわ、きつい。そう強く抱きつくでない」

秀長は満面の笑顔を浮かべていたわ。

「さらに朗報じゃ。信長様が儂に城を与えてくださった。長浜城じゃ。これから城持ちじゃ。秀長の意向も聞かせてくれ、寧々もじゃ」

「おめでとうございます。お前様」

「兄者、よかったなあ！」

それから、ほどなくして長浜城は完成し、秀吉、寧々はじめ家族総出で引っ越しが終わった。

「秀吉や、まさかお前がこんな立派な城の主になるとは思わなかったわ」

母様は驚いた。

「見てください、琵琶湖の魚と新鮮な野菜に、黄金に輝く白い米です。母様、たくさん食べてください」

儂は話した。

「岐阜の城では、信長様の居城の近くに住まわせてもらいましたが、藤吉郎の城だなんて信じられません」

「岐阜でも長良川や山々が四季折々とても美しかったですが、ここ長浜も琵琶湖がとても綺麗ですわ。お前様」と寧々も母様も驚いた。

寧々と母様、家族の喜びが何よりの励みになっていた儂だった。

そんな喜びに浸っておったが、その晩ふと広い庭にでて夜空を眺めた。

綺麗な月夜が目に入った。散っていった名もなき兵の御霊に納得していたつもりだったが、その月を見ておったら延暦寺の総なで切りにされた女子たちのことを思い出した。儂は、心根は騙せん。儂は祈った。

「どうか許してくれ！」いくら安寧のため、天下布武のためといえ、空の星月を眺めていると自然に涙が止められなかった。まだまだ儂の力不足じゃ……。

一人涙にくれる儂がいた。

――――――――――

比叡山の援軍もあり反逆の狼煙《のろし》を上げた浅井・朝倉軍であったが、3年もの歳月を信長軍が費やし戦った結果、力尽き織田徳川軍団の前に惜敗《せきはい》して終止符が打たれた。

安土築城と城下町

◆天正4年（1576年）

あれは、安土築城前の頃だったなあ、殿は、諸国を流浪した儂の意見を聞きたがっていた。民の生活と幸せを考えた城と町作りを話し合ったな。出来上がった城は、驚くものであったが、殿の更なる野望を見たきがした。とにかくいつもせっかちなお方だった。

信長は秀吉の到着を苛立ちながら待っていた。

「猿はまだ戻らぬか？」

「はっ！　あと少しで帰城と伺っております」

そこに秀吉が到着した。

「おう、よう来たな、猿、いや、もう木下といわねばならぬな」

「何をおしゃいますか。猿で結構でございます」

「まあ、よいわ。今日は城下の町作りについての意見を確認したい」

「師は士官前、草履売りで諸国を行脚しておったな」

「はっ、確かに、そんな時期が数年ございました」

「尾張、那古屋、美濃の領地を跨《また》ぐとき、通行税なるものは在ったか？　それは、どんな具合だ？　忌憚ない意見を聞かせよ」

と信長は質問した。

「確かに、領土の関所を通過するたび、役人に通行料を支払いました。往復で通行料も倍、商いで稼いだ金が少なくなりとても悲しくなりました」

「そうであろうな。してな、儂は、我が領地の往来、岐阜もだが、尾張含めて、通行税、入領税は一切取らぬとしたいがどうか？」

「それは妙案でございます。商人や物を作る者どもが、信長様の領土に百姓を含め集まってくること間違いないでござる」

「そうか、そちもそう思うか。そうよの、商売が盛んになり、城下町が小牧よりも拡大するぞ」

「小牧築城の折も、税を取らなかった。確かに城下には約1キロ四方に及ぶにぎやかな町が出来、人が仰山住み着き、周辺には畑、農作物が実り小牧が潤ったのは、間違いありませんでした。それに、今の岐阜も同じ動きがあります。長良川を使った染め物、良質な土を使った土器、茶碗、農作物、鉱物の産業まで盛んになり申した」

「そうよの。それを儂の天下布武の下では全国で行う予定じゃ。次は居城を安土に移すぞ。猿、よいか、その準備を申し付ける。丹羽と組んで進めよ」

「殿、今、何と？　安土のあの古城でござるか？　琵琶湖の端にある？」

「おう、そうよ。長秀にも先ほど伝えたわ、佐久間にもな。よいか？」

「はあ、私は何をすればよいのでござるか？」

「そうよの、縄張り役だな」

「今回は総石垣造りにする。そして、天守に儂が住む。帥も儂のすぐそばに住むのじゃ、よいな」

「私が殿のすぐ近くに住むと仰せになるのですか？」

「おう、そうよ。白兎の家康にも伝えたぞ」

「ありがたき幸せ。緊張して寝られませぬ。ですが、敵が来て一気に我らがヤラレたら？天下布武が……」

秀吉が言いかけたところで、信長が激高した。

「うつけ、猿判らぬか？」

「はっ、申し訳ありませぬ、私としたことが」

言葉に窮する秀吉に、信長は声を普通のトーンに戻して言った。

「よいか、総石垣造りと申したぞ。相手が種子島で何百発撃とうが、石垣で跳ね返すのだ。それもわからぬか、うつけもの」

「全くもって面目ないでござる。確かに、今の旧城では無く、新岐阜城のような堅牢な城を造れば難攻不落でござる」

と秀吉は言った。

「あの程度ではないぞ、安土城は。この図面を見て驚くなよ」

信長は絵図と図面を広げた。

「見よ」

「はー？　これが城で御座るか？　私には見当もつきません」

「ここが、そなたと寧々殿の家、そして、こちらが家康、こちらが利家、こちらが光秀の屋敷よ」

「殿、こ奴は、皆から嫌われて御座る、あれは危ういかと……。気を付けなさいませ。確かに朝廷とも通じ、才もあり細かい事に気が付きますが、大きな間違い、固定観念がございます」

「何、キンカン頭の光秀が、儂を裏切ると申すか？　奴は戦場の状況をまるで儂が見るように書状で緻密に伝えてまいる忠義ものだぞ」

「いや、そこまでは申し上げませぬ」

秀吉は言葉を濁したものの不安顔だ。

そして信長は、標高１９８ｍの安土山に築城させる旨を丹羽長秀ら諸侯に命じた。

◆天正7年5月（１５７９年）

信長は、琵琶湖に近い安土山に荘厳な城を築いた。城は、図面どおり約3年の月日で完成させた。天守は、5層地下2階の全7重の構造からなり、当時としては、誰も考えられなかったことを組み入れていた。大天守や城内のお披露目には、重臣の柴田、佐久間、丹羽、滝川、明智、羽柴、フロイス、オルガンティーノ、竹馬の友、前田らを招いていた。

赤色のマントに革袴を身にまとった信長は、天守に立ち、諸侯を前に語りだした。

「皆の者、大儀である。安土は、この信長自身が天守に住むこととした、私的空間でもある」

「なんたる城でしょう。まばゆいばかりではなくて、障子や襖から細部に至るまで緻密さと豪華さが交錯する城は見たこともありませぬ」

と柴田らが一様に驚嘆した。

「安土城の瓦は、自然な藍色《あいいろ》の空を表現させた特殊な瓦である。遠くからもよく映えて見えるぞ。その中でも一段と人目を引くのは、金銀細工の瓦だ。天守は、小牧よりも遥かに住み易い造りを随所に施したわ。儂が24時間、天下布武、全国統一できる体制を取り入れておる。当然、そなたたちの立派な館も城内に造っておいた」

「ありがたき幸せです。このような豪勢な城と立派な屋敷に住まう日が来るとは思いませんでした」

秀吉が、感激して謝辞を述べた。

主要な重鎮達の館も点在していた。城自体は完全な要塞を維持しながらも居住性を兼ねている。内装外装は、壁や天井から襖に至るまで、絢爛豪華なしつらいと美を飽くなく追求した空間になっていた。

「柴田殿、佐久間殿、明智殿。儂は出自が低いので、このような場は経験がありもうさん。溜息がでます」

「そうか、溜息が出るほどか?」

と悦に入る信長であった。

重鎮らも秀吉と同じく、一様に自然に溜息をつく程荘厳《そうごん》であった。

天井には、邪魔なものを全て飲み干し脅威を取り除き、世の安寧を守らんとする願いを込めた龍が来客者の目を釘付けにした。

日用品の家具から小物道具はもちろん、一部の武士の特権階級に与えられ、象徴でもある茶室も城内に設けられていた。

信長は皆に聞いた。

「皆の者ども、これらが何か判るか?」

信長は抹茶の粉を入れる手のひらに収まるほどの大きさの茶器を見せた。

そこには、深い茶の頭に白地の蓋が見える。茶器を収めてあった猿曳棚は、狩野探幽《かのうたんゆう》が描いた橙色に深い緑の枝ぶりが映えていた。周りは金箔で色取られており、花芯は桃色や金が見える。質素な中にも色鮮やかな宇宙が描かれている。誰も信長の質問には答えられず固唾をのみただ眺めている。

信長は自慢げに天下人に与えられた茶道具を披露している。茶せんは、鈍い光沢を放ち、綺麗な流線型を成していた。

信長は、客人として家臣一同に、茶をたて始めた。みな緊張な面持ちで高麗茶碗にたてられた茶を待つ……。

城内の一室も狩野永徳ら名だたる絵師や仏師に作らせていた。

民の生活には、安土でも小牧岐阜と同じく楽市を取り入れた。関所を廃止し通行税を無税にしたことで、民も喜んで全国から集まってきた。

この手法は、民から絶大な歓迎を受けたことは言うまでもない。しかも伴天連や民にも天守を含む城内の全てを一般公開するサービスぶりには、みな度肝を抜かれた。

諸侯はじめ皆が安土の城や信長のセンスに最大限の感嘆と歓迎を表して喜んだ。

その場に居合わせた者たちは、稀有《けう》な天才武士が誕生し天下布武の全国統一を成し遂げ、戦のない世の中を数百年ぶりに実現してくれると誰もが信じ始めていた。

家臣団も、そのことが予定どおり進むだろうと思っていた。

信長は伴天連宣教師から譲り受けた三脚で趣のあるフォペル地球儀を右手に持ち家臣たちに質問した。

「皆の者、この丸い物が何か理解できるものはおるか？」

が、皆見たこともない丸い物を見ても判らず、目を見開き沈黙したままであった。

居並ぶ諸侯たちは、興味本位と畏怖の念が入り混じり信長の手元の地球儀を見ていた。

すると秀吉が、

「それは、宮廷の蹴鞠《けまり》の一種でござりますか？」

このように意図的に外した会話をすることが、信長を悦に入らせるこの男の勘所であった。

「ほう、猿は、これを蹴鞠《けまり》の類と言うか？　なるほどの、宮廷の蹴鞠《けまり》を想像したか？　それも面白いの。が、蹴るには、ちと硬いな。まあ、よい。ソナタの差し水は、相変わらず良き」

信長は笑った。

秀吉は続けて尋ねた。

「殿様、それは一体全体、何をするものでございますか？　私にお教えください」

すると信長は案の上、悦に入り語りだした。

「これは地球儀というものだ。地球儀には日乃本も記載されている。のうフロイスよ」

伴天連に話しかけた。

「ハッ、トノサマ、タシカニ、チキュウゼンタイヲアラワシタモノ。ニホン、ノブナガサマノイルクニ、ココ。ワタシノクニ、ココ。エゲレス、アメリケ、ココ」

「皆の者、フロイスの話を聞いたか。この日乃本は、ここにある小さい細長い島だ。その上にあるデカい大陸が、儒教・仏教を伝えた唐の国じゃ」

するると、佐久間、明智が質問した。

「それでは、武田領だった美濃は、どこにござるのか？」

「おう、よう聞いてくれた。この小さい島の真ん中の上辺りじゃ。小さくて見えん。実にバカバカしいと思わぬか？　天下布武をする国は、このような小さな国だ」

「敵対する毛利や宇喜多や細川は、どこにあるのですか？」

「それはこの小さな国の下の方じゃ」

「はあ、我らが苦労しておるのは、この小さな国でござるか？　そして、軍議していた毛利や長曾我部は、その横辺りですか？」

「そうよ。平家時代に来襲した元はこの大きな国だ。でかいの。しかし、いつかは、この広い国も手中に収めたいものじゃ」

すると、前田殿が冷静に答えた。

「ほう、当時まともに戦えば、日乃本に勝ち目は無かったでござるな」

「確かに、犬千代、帥の言う通りじゃ。それ故、天下布武した後も更なる強い武器、弾薬が必要だ。天下布武は早急に仕上げねばならぬ。その意味が、秀吉、光秀、判るか？」

学問を修練し分析力にかけては織田軍団随一の光秀が答えた。

「はっ、モンゴルのチンギスハンなる後継の者どもがいつ攻めてくるかも知れませぬ、国内で争いをしている時期ではございませぬ。当時も爆薬を使用していた資料もあるゆえ、敵の武器は更に進化していると想像できます。背丈も人数も我が国より大きい」

「よく言った。光秀、さすがお主、よく研究しておるの。帥の言う通りじゃ。いまや敵は、この丸い地球儀にある国が全てじゃ。とりわけ、この国に近い大国は、脅威」

「ノブナガサマハ、タダシイ。チキュウギニアル、エゲレスハ、インドヤショガイコクヲ、ショクミンチカシテイル」

フロイスが言った。

「確かに、フロイスの母国ポルトガルは鉄砲を伝来した優れた強い国だ。しかし、更に強い君主制の国エゲルスなる国がある。その国は新しい国益を求めて青い大海を渡り奴隷の国を作って拡大しておる。いつ日乃本も属国になるか判らぬぞ」

信長は言い放った。

「それでは、早急に国内天下布武を急がねばいけませんな」

秀吉は勢いをつけ話した。丹羽長秀が続いた。

「そうよ、よう言った、その通りだ。このような小さな国で遊んでいる場合ではないわ」

「確かにそうですな」

「急がねばならぬな」

家臣はみな声を上げ、志を一つに叫んだ。

「天下布武を殿に献上しようぞ、おう！」


フロイスは、後に述懐している。

この天才信長は、伴天連の宣教師から布教の許可を出しながらも珍品、武器を製造している。未知の国について非常に強い脅威と興味を持ち、イマジネーションができる優れた才覚の日乃本のキングだと――。

信長、将来の懸念を吐露

儂はあの日のあの会話は忘れられない。信長様の背中がまだ遠いと感じていた儂には、あの強気な信長様が本音を吐露《とろ》されたときは驚いたわ。実に驚きの内容だったわ。しかも帰蝶様もおった。だからこそ、本心だと思ったわ。

「秀吉、ところで儂の後は誰が天下を取り、国の安寧を維持できると思うか？　そしてなぜ、それを尋ねると思うか？　この最高に勢いのあるときに、儂がそなたにそんな問いをすると思うか？」

信長は、神妙な面持ちで語った。

「勢いのある織田軍団の棟梁である殿がなぜそのような事を仰せでありますか？」

秀吉は疑問に感じて率直に聞いた。

「それはな、儂は裏切られる性分、天分なようだ。利用され裏切られる。尾張の厳しい気候、環境で育ったゆえか……。そちの育った那古屋とは気候も違う。冬深く厳しく、夏は蒸し暑く大雨じゃ。しかも暴れ物の三河川は、長期に渡り決壊が発生し民や儂を何回も裏切ってきた。木曽川、揖斐川、長良川、どの大河も言う事を聞かぬ奴らじゃ。そのたび、皆、裏切られ続ける土地柄だ。自然の猛威に裏切られる。神に祈っても叶わぬ。しかも姻戚関係の魑魅魍魎の状況。それゆえ、儂は人を信用できぬ。信用できぬゆえ、不器用になった。信用しては、裏切られる。しかし裏切られては、信用したいとも思う。そして、また裏切られる。浅井・朝倉は、実の妹、お市と姻戚関係だ。これほど強いものはないと信じておった。それでも裏切りにあった。このように不器用で無様な生きざまはないな」

珍しく信長は、弱音を秀吉に語った。人払いをしており、帰蝶以外は誰も居ない。帰蝶は無言でただ聞いている。

「儂らは、互いに青二才の19、20歳の頃からの付き合いだ。阿吽《あうん》の呼吸で理解できる師弟関係だと思っている。勿論、キンカン頭（明智光秀）、猿、お主らも入れてもよいぞ。それとも白兎（徳川家康）かの？」

笑って聞いた信長であった。

しかし、秀吉は咄嗟に機転を利かし、

「は？ それは小折城生駒屋敷におられる、御膳のご嫡男、信忠様でございましょう」

と述べた。

「おお、そうか、奴か？ 世辞でもうれしいぞ。才覚が奴にもあるか？ あの知性と品格の高い吉乃の子だ。そうだな、そうか、あるか！ しかし、奴はまだ未熟故、熟練するまでは支える武将としては誰が適任か？」

「私、猿はまだかと……。柴田様か光秀様かと思いまするが？」

「お主も知恵が回るようになりよったな！　草履取りの帥とは思えぬわ」

「お褒めに預かり恐縮至極にございます」

「まあ、今は儂とお主と帰蝶だけだ。存分に申してみよ」

「私も斎藤道三の娘、この話題はとても気になりますわ。猿、忌憚なく殿に申しなさい」

帰蝶が口を添えた。

「はっ、先ずは、柴田殿は天下人には相ならないかと」

「はて？　奴は尾張の国を治める草創期からの大重臣。戦は長けておる。その訳を申せ」

「柴田様は固定概念が強すぎます。故に新しい世には不適切。斬新性に欠けます」

「なるほどの、儂の見立てと同じか。では、キンカン頭はいかがか？」

「はっ、光秀様も似たり寄ったりで、天下人にはなり得ません。過去の朝廷の概念、規制に囚われすぎます。いずれ日乃本は沈むでしょう。家臣団からの信用も少ないようです。そして、朝廷を中心に考えすぎるようです」

「その事よ。このままでは間違いなく、伴天連などでこの日乃本は異国人だらけとなる。そして蹂躙を受けるは必定かと」

「では、誰が舵を取るのがよいかの？」

「そうなるとやはり、殿の竹馬の友、三河殿か、私くらいです」

「ホホホ、その訳は？　猿、ゆうてみよ」

帰蝶が笑いながら聞いた。

「私は元来、縛りも何もないでござる。信長様と似てござる」

「まぁ、それは面白いわ。話を続けて」

帰蝶が先を促す。

「では、三河の松平が適任である訳はなんだ？」

信長が尋ねた。

「性格。温暖な三河の自然豊かな風土、人質時代の流れ。しかも良い三河武士の部下をお持ち。他は失礼ながら、信長様も尾張の厳しい天候、地の利に育まれている。それ故、早計な判断に陥り易いかと。ゆえに、権六、キンカン頭でも無く、猿は中継ぎ。最後は三河の白兎の天下か？」

「まぁ、お主は新しき事や戦嫌いじゃ、ゆえに向いておるし、民が付いて行くな」

信長は笑った。

「問題は、いずれ戦国時代のように、私利私欲に明け暮れる時代が再び到来した時、民は貧困と差別主義に逆戻りすることじゃ。今の世のように、実力のあるものが覇者になる世ならば心配せぬが、そうではない椅子取り感覚だけが残る。そんな世に陥るときこそが最悪な時代だ」

信長は述べた。
「よくよく肝に銘じましてございます」
秀吉は、頭を垂《た》れてその場を後にした。

永禄10年9月、ようやく信長は斎藤竜興を攻め滅ぼし、稲葉山城を占拠した。続いて信長は異例の行動に出た。攻め落とした稲葉山城を自らが住む居城として活用を開始したのだ。その城を稲葉山城から岐阜城と改名し、稲葉山城の城下町の地名、城下井ノ口を岐阜と改めた。

小牧山城と違い、稲葉山城は標高328・8mの金華山の山頂にあった。そして、美濃の支配を安定させるため、斎藤道三と同じく、城の山麓にある伊奈波神社《いなばじんじゃ》を聖地とした。信長は美濃の聖地として金華山に着目したのだ。この辺りも小牧の聖地として、間々《まま》観音降臨を聖地とした小牧山、小牧城を捉えたことを踏襲した手法と同じだった。

ここから美濃を拠点として、安土城へ移転するまでに織田信長と優秀な家臣団の中核には羽柴秀吉と明智光秀が頭角を現し、行動を強化していった。

安土から天下布武を目指し

◆天正7年（1579年）

あの頃は、天下統一目前で誰もが我武者羅《がむしゃら》に功を急いでいたわ。滝川殿、神戸殿、柴田殿、そしてこの儂、皆同じであったなあ。しかし、殿の我らに結果を求める激しさも一段と強くなっていったわ。宿老の佐久間殿でさえ本願寺攻めでは、職務怠慢で放逐されたわ。


安土城が完成したあと、信長殿は軍議の席上で吠えた。

「天下布武は全国の国人はもとより大名を力で組み伏せるか懐柔で傘下に収めねばならぬ」

「御意で御座る」

と柴田が呼応した。

「そこで日乃本を今から5つに分ける。東国、四国、中国、畿内、美濃・尾張である。その各方面は今から告げるもの達が我が軍団の傘下になるよう尽力せよ。懐柔せよ、抗うものは皆蹴散らせて殲滅せよ！　良いか？」

「はは、しかと信長様の威光を知らしめ統一してご覧にいれます」

秀吉が言った。

「では、東国方面、滝川一益！」

「はっしかと」

「そして四国方面、神戸信孝！」（織田信孝・信長三男）

「は、父上かしこまりましてございます」

「そして中国方面、猿、羽柴秀吉！」

「ははー、身命賭して殿に毛利を組み伏せますぞ」

「そして畿内、明智光秀！」

「は、御意」

「そして最後、美濃・尾張方面、信忠！」（信長の嫡男：吉乃の子）

「は、父上、しかとお守り致します」

「良いか！　この各方面を織田軍に下らせ天下布武を実現しようぞ！」

しかし予想以上に信長に反旗を翻すものがでて各方面の家臣は苦戦を強いられた。そんな中でも同盟関係にあった家康は信長との同盟を維持しながら微に入り細に入り強力に信長の天下布武に力添えしていった。

信長は、功労として家康に駿河・遠江の領国を与えていた。

信長は滝川に加わり東国征伐を無事に終え、４月には富士の浅間神社から吉田川を越えた。

信長が進む路は全て同盟の白兎、家康殿が、信長様に大事なきよう、帰宅途中、鉄砲が露に当たらぬよう、街道を拡張整備させていた。

信長の進む路全ての木々は綺麗に取り払われていた。街道には石を敷き詰め、道の左右には兵を一定間隔で立たせ、警護にあたらせていた。休憩をとる陣屋は、大層なご馳走だけでなく、堅固な砦や柵を二重三重に張り巡らせた。

勿論、信長の配下の武将から足軽までの宿も守らせていた。その結果、信長の将兵は全員無事に安土城へ帰還できたのだった。

「家康の接待は、いつもどこへ行っても完璧じゃ。良く見習え」

と信長は家臣達に述べていた。

「ここまで細部に行き届ける事は、なかなかできぬ、戦にも通じる故、しかと学ぶように」

とも仰せであった。

家康と穴山梅雪《あなやまばいせつ》は、今回の信長への饗応や領土へ安堵のお礼に赴き、お祝いの安土訪問が催されていた。

これに対し信長は、丹羽長秀と明智光秀に家康と梅雪への饗応役として、対応させていた。

このたびの戦働きや帰任の細かい配慮へのお礼として、丹羽が米原市の番場まで仮宿を建て、酒肴で接待し家康一行を労っていた。

光秀は、京都・堺で酒肴を調達し、京都にて3日に及ぶ家康の接待を行っていた。その後5月29日、信長は、上洛する。

この頃の西国情勢は、秀吉が中国備中を攻め、岡山宿毛塚を攻め落としていた。そして秀吉は、高松城を水攻めで水没させ陥落させていた。

「よし、猿が中国平定し、天下布武が近いぞ。よいか、ここが天下布武の最終仕上げだ。皆、一気に畳み込むぞ」

と信長は息まいた。

羽柴軍の知らせを受けた信長は、電光石火の如く、一気に中国、九州を平定する意気込みでいた。中国攻めの秀吉に堀を早馬で使者として派遣した。残りの重鎮、明智、細川、池田らも出兵の指示を出し、準備のため各自の領土に戻り軍を整えていた。

光秀は、安土城から坂本城に戻り再軍備し秀吉の中国征伐に合流する予定だった。信長が戦のない天下布武の寸前、光秀は坂本城の後、亀山城に戻り亀山から中国路で羽柴軍と合流する筈の路を外れた……。

亀山から三草山（兵庫県加藤東市）を越えるのが当時の通常の道筋だった。しかし光秀は、亀山（京都市西京区）から山崎（大山崎）を回り、摂津へ進軍すると部下に下知していた。天神馬場（大阪府高槻市）を越え、摂津街道を下り京都に入った。そして、京都市内の桂川を越え本能寺へと向かったのだ。1万数千の兵は、敵が信長とも知らされず、宿坊、本能寺を囲んだ。

この頃、高山右近（ゼウスに仕えるキリシタン大名）のキリスト教伝道師のフロイスらは、大坂堺市に居住し、5年が経過していた。すでに彼らの情報網は、蜘蛛の巣のように大坂から京都市内へ張り巡らされていた。

教会とゼウス、司祭と町全体が繋がっていた。信長の宿坊近くにもあちこち仲間の住まいがあり、フロイスらには、信長の一挙手一投足が手に届くように伝えられていた。

しばらくすると、長浜にある秀吉の館では、安土城に不吉な火の手が上がるのを寧々と母様が見ていた。

「なんでだ？　なんで信長様の城が燃えておるのじゃ。誰か在るか？」

「信長様は大丈夫か？　秀吉は大丈夫か？」

寧々と母様は、手をとりあって、おろおろするだけだった。

信長、本能寺でのあっけない最期

いよいよ衝撃的な話をしなくてはならない。いまでも思い返せば無念じゃ。信長様の心にもっと寄り添う忠義を行うべきであった。迂闊であったわ。吉乃様が早世された後、殿は性格も変わられた。母性豊かで聡明な吉乃様だった故、よほど殿にもこたえたのだろう。引き合わせた儂が思う故、間違いない、心の鬱屈《うっくつ》した集積が政にもつながり結果として、悲劇に繋がったと思っておる。

◆天正10年（1582年）

信長は、上洛のため本能寺に宿坊していた。家康も堺にいた。細かい情報は、伴天連宣教師がシネスに直結するため、ルイスの元へ密者（同志やキリシタン信仰者）から絶え間なく伝えられていた。

その内容は、日常の他愛のないものから重要なものまで多岐に渡っている。信長や家臣の趣味や買い物、どこで何を購入したなど実に多彩な情報だった。その動向は、今後の布教活動や商売に直結するため重要なものとして捉えられていた。

この日は、

「本能寺周辺にて酒のみが暴れている。騒ぎが起き武士が暴れている模様」

といった報もあった。その話題も本能寺の主へも漏れ伝わってきていた。それが一変した。

ルイスの元には、

「本能寺から火の手が上がった。明智光秀、謀反。信長キング、自刃《じじん》」

の報が入った。

京都市内がハチの巣をつついたような大騒ぎになった。

明智軍は、中国の羽柴軍合流から進軍先を変え、信長が京の宿坊、本能寺に行く先を変え囲っていた。明智兵は警備兵を簡単に殺し、寺の壁を梯子でよじ登り、本能寺の本堂へと侵入した。

本能寺では皆、食事を終え、一息ついていたときだった。

信長は夕食を終えた後、湯船に浸かってから庭に出て、手拭いで顔や背中をぬぐい、火照った体を冷やしていた。

湯舟の前の宴席では、旨い酒と肴でキング(信長)は機嫌よく、小姓や客人と談笑していた。

「おい、今夜の宴は実に旨かったの。良い気分じゃ。今頃、秀吉は中国の毛利を平定する算段をしておるわ。儂の手を借りずともよい所を助けが必要と云ってくるあたり、猿の奴抜け目がない。相変わらず可愛い奴よ」

と信長は、機嫌よく盃を呑みほし好みの小唄を歌っていた。

信長が好んだその歌は、源氏平氏の最後の戦い、若くして露と消えた若武者、一の谷平家の悲哀を表した〝敦盛〟であった。敦盛は、武蔵の国（埼玉）の武将、熊谷直実が壇之浦で出陣の折、平家との戦で平敦盛を見かけ、熊谷直実は、自分の息子も戦で戦死しており、敦盛も年頃が似ていた。その為、敦盛の殺戮を躊躇したが、周囲の猛反対に合い僅か15歳の幼将平敦盛を戦死させる。だが、その行為に自責の念にかられ後年出家した。

その憂いを謳ったのが〝敦盛〟だ。人のはかなさを示す小唄であった。


「人間50年下天の……次第」

信長は、人生の節目にこの敦盛を歌い、食し、酒を飲む事で一区切りをつけていた。

桶狭間の出陣にも敦盛を舞い、立ちながら食し出陣した。

今、まさに上洛し最高位を朝廷より与えられ、秀吉、光秀軍で中国毛利を平定し九州を治め、天下布武の旗印の下、日乃本を統一する目前だった。

「よし、この舞で気を引き締め、一気に攻めようぞ！」

湯漬けのあと、風呂で汗を軽く流し、火照った体をタオルで拭き庭に出ていた。しかし、皮肉にもこの節目の敦盛は、信長には悪い歌となった。


本能寺では、次第に周りが騒がしくなってきた。

「何事だ？　酒に酔った喧嘩か？」

と近習や小姓に信長は尋ねた。

すると、予期せぬ返答が森長定《もりながさだ》（蘭丸）から発せられた。

「水色の下地に白の桔梗紋が見えます、この騒ぎ、惟任《これとう》、明智光秀殿の軍勢とお見受けします。明智光秀殿、ご謀反のようでございます」

小姓、森蘭丸が悲痛に叫びながら報告する。

信長の手勢は、わずかに１００名ほど、それを知っていた信長は、

「是非に及ばず。あと少しで天下を獲れたものを……くそっ、光秀め馬鹿なことを！　弓を取れ」

と力強く小姓にいい放った。

そして、脇に居た小姓に叫び続けた。

「矢を取れ！　矢を！」

そう言うなり、屋根に上って侵入してくる明智兵に向けて弓を引いた。

「ビュン」

という音と共に、

「ズブッ」

という、敵兵に当たる鈍い音が聞こえる。

屋根から「ドサッ」と敵兵が転げ落ちる姿と音が聞こえる。更に信長は声を上げ続けた。

「次の矢！」

「別の弓を取れ」

「矢！」

「次の矢」

叫びながら弓を変え、次々に矢を射続けると、次々に明智兵が倒れて行く。武芸で鍛え抜かれた信長と小姓たちが懸命に明智兵と対峙《たいじ》する。

信長は、弓の玄が摩耗し、引き千切れるまで矢を射続けた。１００本ほど放っただろうか？　途中で玄が「ブチッ」と音をたてて切れた。


信長は、弓の玄が切れても、尋常でないパワーで明智勢に猛然と戦いを挑んでいく。

しかし、多勢に無勢な状況は変わらない。

弓の玄が切れた後は、長槍で応戦し始める。

が、敵方の明智の手の者は、次々に信長へ目掛けて矢を射始めた。

敵兵の放った矢は、

「ヒュン、ヒュン」と音をたてて、信長周辺の屋敷中に飛んでくる。

その矢は、「ブン、ブン、ブン」と館に突き刺さっていく。そのうち何本かの矢は、信長自身が刀で「バシッ」と叩き折った。

が、次の瞬間、その数十本のうちの１本の矢が、

「ズブッ」

と鈍い音をたて、信長の背中に突き刺さった。

信長は、自らその矢を片手で抜きながら、傍の長刀で明智勢に猛然と応戦し始めている。

抜いた矢の痕からは出血が止まらない。武芸に秀でた小姓や警備兵100人は、館内になだれ込んでくる明智軍約1万3千の兵に戦いを挑んでいる。

しかし、次々に倒れていく。

地獄絵図が本能寺の庭園や厠やあちらこちらで繰り広げられている。

小姓と近習の約30名は、

「信長様をお守りせよ！」

と叫びながら切り込んでいく。

信長は、庭や厠付近で懸命に応戦した。すると、何発か空を切る乾いた音が鳴り響いた。

「パーン、パーン」

と数発。足軽兵が屋根の上から信長目掛けて種子島を撃ち放った。そのうちの何発かが、信長の腕を打ち抜いた。

「うんぐっ、くっ」

歯を食いしばり、観念したのかのようによろめきながら、信長は奥の間に逃げ込もうと足を向けている。

そこに、信長の首を獲ろうと明智勢が猛然と襲い掛かっていく。矢や鉄砲が、これでも

かと撃ち込まれていく。小姓たちは、
「主を獲られてたまるものか」
と、叫び勇敢に明智兵と相打ちしては次々に倒れていく。

信長は歯ぎしりをして耐え、庭から廊下に上がり襖戸を開けた。追ってから身をくらます為、右に曲がり左に曲がり通路の引き戸を何度か開け閉めしながら、奥の間に歩みを進めていく。

ようやく、外敵の声が届かぬ、ある小間《こま》に素早く静かに入った。

信長は、おもむろに桶に100ほどの弾薬をぶち込んだ。そして、油を部屋一面にばら撒いた。部屋の中心に静かに座った主は、息を静かに吸って吐きながら目を閉じた。そこで、自ら愛用していた名刀で腹を切りながらも、片手で、燭台の火で床の油に火をつけた。そして、前のめりに倒れ横たわった。生きながら豪炎と煙に巻かれ死を迎えるときが来た。

「んぐうおうー天下布武が……」

と叫び、

「キンカン頭め、やりよったの。儂はまた裏切られたか！　しかもお主に。拾ってやったお主の家中文法なるものが泣くぞ。くっそう！　お市、吉乃、儂もそちらへ行く。待っておれ」

と呟くと、信長は息絶え絶えに鉄砲の弾薬が入った桶を体に抱きかかえ直した。豪炎に包まれた後だった、数百発の弾薬が一気に火を噴いた。

「ズン、ドン、ドスン、ボン！」

地をうねるような轟音《ごうおん》と地響きが鳴り響き、火柱が天に上がった。

その火柱と爆音は、伴天連の教会からも見て取れるほどだったようだ。

その爆発は、信長の体を木っ端みじんに吹き飛ばすほどの威力だった。これは全て光秀の策を潰す算段だった。卓越した発想力と行動力が瞬時にそう判断させた、信長の最期のあがきであり抵抗だった。

「ふふ、光秀よ、儂の首も骨の欠片も一切合切残さぬわ。儂自身を見事に灰にしておくぞ。後は猿がそちの首をはねるであろう。猿、頼んだぞ。生駒屋敷が懐かしい、藤吉郎……」
信長はそうつぶやき、〝敦盛〟を心の中で舞い謳った。次第に意識が遠のいていく。かぶった油に火が燃え移り、呼吸困難になりながらも最後までやり遂げた。
すさまじい、信長らしい非業の死と早すぎる人生だった。（享年49才）
その現場となった近くで信長の断末魔の声と様子を窺い聞いていたものが居た。

ここに信長の胆力の凄さを示す逸話がある。

もめごとの審議は、生命力や意思の強さでなされていた時代があった。大岡越前の大岡裁きならぬ、それは、火起請《ひぎしょう》という裁判である。

その手法は、熱く焼けた棒や斧を素手で掴み、正しき者は熱さに耐え、自分の濡れ衣《ぎぬ》を晴らすという非現代的な裁きだった。そのやり方で信長は、自ら焼けた斧を持ち祭壇まで運び、真犯人をあぶり出して、もめごとを解決させ悪者を成敗した。

さぞかし苦しい最期であったに違いない。明智光秀の考えを察知し生きながら体が焼かれ意識が遠のく中、自らの姿形を残さぬという、光秀への最期の報復を見事にやり遂げたのだった。

信長が受けた矢の傷は、肺の奥に達するほどであった。体内の出血は酷く、油による猛煙で意識は数分と持たなかった筈だ。一酸化炭素中毒、そして、切腹による脱腸や大動脈からの出血、体を覆《おお》う炎に包まれたことによる煙による酸欠のなか、断末魔で桶を抱き自爆して亡くなった。弾薬の入った桶が一気に爆発して、目論見どおり骨の欠片《かけら》も残さず全てを焼き尽くした。

◆天正10年（1582年）

「嘘だ、誰か嘘と言うてくれ。何かの間違いだ」
秀吉は手で顔を覆い、背を丸くして泣き叫んだ。

「光秀、なぜ信長様を討った？　帥も儂もどん底だった人生。儂は美濃から尾張を彷徨う草履売り、帥は明智城陥落のあと、落人《おちゅうど》になっておった。今川や北陸の寺で浪人生活を10年以上していた筈。帥も殿に拾って頂き今がある。どん底から救って、這い上がらせてくれたのは、信長様だ。違うか？　殿がお主や儂を士官させてくれなかったら、今頃、田舎で野垂れ死にしておる。お主も儂も共通の貧しさとどん底を味わった仲ではないのか？そのご恩を軍法に記したであろう？　それをどうして……」

　心の中で怒りを露わにしてなじり怒鳴った。しかし実際は、家臣の手前そんな事は言えない。秀吉は涙が枯れるほど泣いた。

　そのとき、黒田官兵衛が耳元でささやいた。

「光秀を討ち取れば天下は秀吉様のものです。柴田殿は越中で上杉と滝川殿は、東国北条で足止めをされて申す。殿！」

　しばらく思案した後、秀吉は憎悪を爆発させて黒田に下知した。

「明智十兵衛光秀を討つ。方策を考えよ」

　瞬時に官兵衛は考えた。

　光秀の陣営は、少なくとも1万6千とも2万ともいう。しかし、秀吉の部隊は所詮、混合部隊。秀吉自身の部隊は5000しか居ない。それでは光秀軍には到底勝てない――。

　黒田官兵衛は考えた。

「そうだ、殿から預かりしこの全軍を自らの意志で上洛させましょう！」

そう秀吉に進言する。

「噂を立てよ！　光秀の首を獲れば、秀吉様が天下人だと！」

そして各秀吉陣営から噂を広げさせたのだった。

皆が一斉に騒ぎ出した。

「何、ならば儂は足軽大将じゃ。儂は鉄砲隊長じゃ。ならば儂は弓隊長じゃ。ならば儂は百性から専属の足軽隊に上がるぞ」

「儂は、更に上に行けるぞ」

この噂は、うねりを上げて広がり全軍が動いた。

「明日には京じゃ。光秀本体を潰して秀吉様を天下人に押し上げるぞ」

黒田官兵衛の画策は、見事に奏功した。街道筋には神の路が輝いて続いた。

「よいか、信長様の死を毛利に悟られないよう、誰一人残さず、女子供百姓商人をすべて関止めよ。金を渡して足を止めさせよ。その間に毛利と和睦《わぼく》する。現状、我らに有利な状況。この戦を速やかに停戦させ、一気に京へ戻り明智を討つ」

秀吉は檄を飛ばした。

「はっ、わかりもうした。では、停戦条件を作り今晩にも伝令の密書を携え毛利に交渉します」

黒田官兵衛が言った。そして毛利と和議を結んだ。

そのころ、信長の死は、京、安土全土へ伝令が走り伝わっていた。

天下布武の安寧な世の中が一転、暗雲垂れ込み、戦国の地獄絵図に逆戻りする恐怖が京全土に広がっている。


フロイスもゼウスに仕える高山右近も、信長が存命ではない状態では、布教活動やその身の存在も危ういと身を守る術に徹していた。

一方の光秀は、京都市内での狼藉は御法度だとお触れを出すが、この男に天下布武の信長の後継になる計画は全く無かった。

頼りの者達は光秀を離れ、秀吉方に付いた。光秀は、ただ形成逆転を目指し坂本城に戻ることだけを念頭に置いていた。


光秀は坂本に帰る前、安土城の天守に寄り信長の集めた天下の名品や金銀財宝を奪取した。ここでも光秀と秀吉の修練の差が出た。

安土城には、信長が戦無き世にするため、乱世を平定した諸国から献納された金銀財宝、名茶器、超一級品の美術品が大事に保管されていた。光秀はその全てを今回の論功行賞として、部下に分け与えてしまった。

最後は、合戦に負け総崩れした後、坂本に帰る道筋のつかない中、地場の民に金の板や財宝を与え負け散った本隊の陣から身を隠しながら、自らの刀剣も農民に手渡してでも命乞いをし坂本への帰城の道案内を依頼した。

しかし、この謀反人は、わずか12日しか生きることを許されなかった。

秀吉は、特殊に作らせた馬印と天に突き上げた角を表す兜を身に着け、諸侯に鬼の形相で号令をかけた。

「皆様、我が主君、信長様への謀反人、明智光秀の首に懸賞金を懸ける。武将クラスは黄金5枚に米俵5俵、光秀には、黄金100枚に米俵100俵、一族郎党や足軽衆全ての首に黄金1枚と米1俵与える。その告知を光秀の領国内や周辺諸国の民、全てに言い伝えよ。高札も立てよ。よいな。アリの子一匹一人残さず逃がすな。明智軍、一族郎党全員の首をはねよ。わかったら檄を飛ばせ！　お触れをだせ。儂に続け」

家臣達は声を張り上げた。

秀吉は冷徹な鬼になり、一介の物売りから生駒屋敷で草履取りに士官を賜り、これまで可愛がって下さった大恩義ある主君信長への恨みを晴らすため、全身全霊を懸けて光秀を誰よりも早く討ち取る行動にでた。

その強い気概を胸に、一気に中国街道から京へ目指して駆けに駆けた。

信長が認めたこの男の才能は、ここでも如何なく発揮され開花した。

京へ通じる街道筋は、宿場毎に粋の良い馬を進呈した者には、黄金5枚を提供した。宿と飯と服を用意して協力したものにも黄金や銀や米俵を渡した。街道沿いには、真っ赤に松明を焚かせ、馬が走り易くしたものにも金銀や米を与えた。馬や足軽が駆け抜ける道筋は、さしあたり飛行場の空港滑走路のように照らされていた。

こうして、通常は数十日かかる工程をわずか3日で中国から京都へ戻った。

古参の勝家や前田利家、佐久間は、各戦で足止めを食わされ、討伐どころでは無かった。一方の大坂、堺で物見遊山していた家康も危機に直面していた。家康は、信長と同盟関係だけでなく、尾張のキングだけでなく、信長の義理の弟であった。信長の次は、家康も命を狙われる危険が迫っていた。

家康は、信長自刃の知らせを知るや否や、天下騒乱時代突入を察知し、一目散に領国、三河に戻る算段を家臣と模索する。しかし、そこは伊賀甲賀の里の行く手を遮る危険極まりない道だった。途中、重臣を失う損失もありながら恐怖のあまり脱糞する有様だったが、三重山中を無事に越え、桑名経由で海路尾張三河に無事に生還することができた。まさにこれも奇跡だ。

一方、羽柴軍に合戦で敗れた明智軍は、中国に居た羽柴軍が、わずか数里まで反転攻勢をかけてきている情報を得て、蜘蛛の子を散らすように逃げまどった。そして、天下の織田軍、最高司令官の武将は、懸賞金目当てで地の農夫に竹槍で殺戮され、首を獲られるという、武士らしくない非業な最期を遂げる。生きるのを許されたのは、わずか12日あまりだった。


「金銀を好きなだけくれてやる。儂を坂本の城へ」

と光秀が言った瞬間だった。

「ズボッ」

竹を斜めに切った粗末な武器が光秀の腰から脇腹辺りに突き刺さる鈍い音がした。

「んぐ、ぐお」

と声を発しながら騎乗から地面に崩れ落ちた。

瀕死の状態でさえ、

「この刀を差し上げる、だから儂を坂本へ」

と発した。

そこに何の情もない民は、

「よーし、儂が光秀の首を獲るぞ！」

と叫んで光秀の体にのしかかり、鎌や短刀で首を掻き切った。

「獲ったぞ！　黄金１００枚と米１００俵！」

と雄叫びが虚しく山中にこだました。

織田家2代筆頭の最期は、あまりにもあっけない惨めなものだった。

武士の本懐である切腹も許されず、竹槍や鎌によるむごい最期を迎えた。その屍や身印は、京まで首実検へ運ばれ下半身もろ出しではりつけにされ放置された。

光秀の家臣も同じ残虐な最期を迎えた。

皆、一様に言葉を失い思った。

「なぜ光秀様のような逸材が謀反を起こしたのか？　彼程の英才がなぜ無謀な謀反を起こしたのだろうか？」

そう話す者が後を絶たない。秀吉も同じで、皆目理解不能であった。

過去の歴戦を共にした秀吉にも、緻密で計算高い光秀らしくない戦略は、ますます謎や憶測を呼んだ。

秀吉は、ふと脳裏に過ったが、

「もしや明智十兵衛光秀様、たぶらかされたか？　あの方に？　いや、そんな筈はないか！」

と無理やりその思いを打ち消した。

天下騒乱になる兆しに見えた戦を無事に終え、信長様の無念を晴らした儂は、久しぶりに長浜へ帰った。

儂の顔を見た途端、寧々と母様は抱き合い喜んだ。

「お前様、大丈夫でなによりです。怪我はありませんか？　信長様が……」

と泣き出した寧々だった。

母様は、

「手足は無事か？　ちゃんと付いておるか？　怪我はないか？　藤吉郎！」

と子供の頃の名前を呼びながら儂の体の顔から手足を泣きじゃくって触り続けた。

信長から秀吉への遺言

◆天正10年（1582年）某月

秀吉は、民の安全を守るため光秀確保を竹中半兵衛に命じ、広範囲に全力を上げ探索させていた。光秀や残党の捕縛はもちろん、光秀が信長討伐を依頼した共謀者への書状を証拠として隈なく探索、確保を指示していた。光秀に加担した武士をあぶり出して、断固とした処断をするためだった。

その探索時、驚くべき書状と本が秀吉の元に届いた。それは、主君、織田信長が生前秀吉と家康に宛てたものだった。

それを見た秀吉は、嗚咽をあげて泣き出した。

「信長様だ。殿、殿の手紙じゃ。殿!!」

周りにいた近侍達は、

「何事が起こったのか？　秀吉様は大丈夫か？　気でも触れられたのか？」

と驚きと心配を隠せない様子で見守っていた。

その手紙には、次のようなことがしたためられていた。

「猿よ、この手紙を読んでいることを見ると、そなたは、儂を裏切った者達を討ち取った後であろう。儂の裏切られ人生を省みれば、至極当然であり、予測のつく不徳の致すところならば是非に及ばず。

儂の後継となる師と家康に将来の絵図、日乃本と伴天連より聞き及んだ世界、伴天連ヨーロッパなる動静、日乃本の危うい状況について記す。よいか、この書状は師と家康にだけ渡しておく。

師は、元来身内の少ない中村出身。戯けを避け、諸国流浪の末、儂に生駒家で出会った。そして吉乃を介して儂のところに来た。だが、よいか？　そなたも儂も同じ性格だ。とても似ておる所がある。

先を行き過ぎる傾向にある、身の程知らず。必ず迷いが出るであろう。そのときは、家康に相談を求めよ。決して我が身中心に考えぬことだ。我が身中心では、また日乃本が割れる大火、大戦が勃発するであろう。

以前、安土天守で言ったが、この国はフォペル地球儀の東に位置する小さな島国だ。師も脅威と興味を持った元寇の話、あの国の方が遥かに大きい。そして、火薬なる大きな筒も有する。上には上が居る。伴天連の国から更に北には、アングル島があると言う。大陸から集まった人種は、赤毛の奴らよりでかく賢く勇敢らしい。大きな船も所有すると言う。

その船は、でかいストリング砲が付いておる。その船は日本の遥か遠い国へ赴き、コロンブスというエゲレス人がアメリケという新天地を支配したそうだ。先住民族を追い出し奴隷のように土地を開墾させ、我が国の百姓民より酷い仕打ちをしていると聞く。

なぜ伴天連を許していたか？　尾張の国の外でさえ、美濃、甲斐があり苦戦した。

この国でさえ、応仁の乱以降の乱世が収まる気配が全くなかった。そなたで、しばらくは、戦無き世になるであろう。それでだ、家康とこの国を異国より守ってほしい。

西欧人ともいう彼らは新たな土地を求め平気で多民族を殺戮する。武器を作りそれを試すために無益な戦争を繰り返す。革命も起こす。我が国より遥かに無慈悲だ。

光秀や儂より非情だ。目的のためには大海を渡り大小の犠牲は厭《いと》わない。

よって、天下布武の後いつ伴天連より危険かつ獰猛《どうもう》な国が日乃本を植民地化するかも知れん。

そのこと、お主と家康に委ねる。儂はかねてより、伴天連のような神になる祈る石を作り安土城の神社に設置させた。それは、神格化することでゼウスの如くこの国を強固なものにするためだった。つまり、石は手法にすぎん。儂が誰かに裏切られた場合、儂は火薬を体に撒いて自刃する。よって、儂の亡骸は炎と火薬で霧消するであろう。

伴天連が言うには、奴らの国々は、我が国よりも進んだ学問をする学びの窓、学校がある、国民を豊かにするため更なる学校を創設する動きがある。しかも、貴族なる儂らの武士の階級に似た階級制度がある。その頂点に立つのが、王キングだ。そのキングもゼウス伴天連の教えを信じておる。

だが時と場合によりそれを利用することも平気で行う。それほどの乱暴国家があるのだ。国土拡張のため海を渡り侵略するのは、すでに述べた通りだ。その利益を国内にキング、パトロンに与えておる。我が国の茶屋史郎次郎のようなものに行わせておるのだ。この動きは、大化の改新前よりすでに高い文明が根ざして居る。

この本は禁本にして、この国の王キングだけが拝読せよ。そして、この本がこの国の行く末と民を守るための礎とすることを勧める。この書簡は、家康にも密書で同じ物がある。来たるべきとき、家康と良く話し合え。

織田信長」

秀吉の孤独な時間

◆天正18年（1590年）

秀吉は54歳で天下統一を成し、本能寺の変から約8年が経過していた。しかし、迫りくる老化と死に抗えぬ底知れぬ不安を抱えていた。ここ大坂城天守閣は、天下人になった日本で一番孤独な男、羽柴秀吉のご寝所がある。このご寝所から琵琶湖方面を向いて、ぼんやりする天下人になった猿、秀吉。

彼は、朝鮮出兵の挽回策や和平交渉、政《まつりごと》のあれやこれやを考えるうち疲労から知らぬ間に寝落ちしていた。

夢うつつのとき、信長との懐かしい物語を見ていた。そして、この巨大空間には、約20m先に警備の小姓が数人待機しているだけだった。

もし信長様がご存命ならば、今の儂の姿をどう処断されるのだろう？『おう、藤吉郎よ、刀狩りは百姓が戦場に行かず田畑も荒れることなく仕事に専念できるな。太閤検地は枡を統一し米の量を均一に図れるの！　百姓は年貢を正確に納め余った米は、売れるの。帥の政で日乃本を豊かにしたではないか！　ようやったわ、よくやったぞ！　猿。藤吉郎』と言われるだろうか。もしくは、明智殿が叱責されたように家臣の面前で、烈火の如く怒り蹴り飛ばされるのであろうか。また『白兎と異国から日乃本を守れ、いや、この出兵は断じてならぬ。儂がしたように唐の国の事を調べ上げ、充分に吟味したのか？　唐国のことを！』このアホ猿、草履取りに戻れうつけものとご立腹されるのであろうか？
　その事を考えていると深く暗い寂寥感が、いやおうなく秀吉を襲ってきていた。

　しかし儂には、この出兵以外、もはやこの国を繁栄させる知恵も器量も湧いてこなかった。今までは、信長様が敷く路線に乗って拡張してきただけ、儂の知恵を殿に報告し、殿の喜ぶ姿を見たくて叱咤激励《しったげきれい》を受け突き進んできただけ。あの家康殿でさえ信長様を畏怖され、畏敬の念で背中を追ってきた天性神のような人――。目を国内に向ければ、石田《いしだ》治《ち》部少輔《ぶしょうゆう》と武闘派との対立構造になっている。抑えとなっていた信長の竹馬の友、前田公も高齢になっている。頼みの徳川殿もどうするか？　もはや犬千代様や儂の亡き後は、大戦が起こるは必定な様相。キナ臭さが国内に蔓延してきている。

　どうか信長殿、この猿に安寧な天下を治める方法を教えてくだされ。応仁の乱以降の地獄乱世を止めようと天下布武を考え、天性の閃きと知恵で民百姓を導く術を見つけられたのですか？　異国の伴天連に興味を持ち恐れず、殿はフロイスでさえ親しみを込めて時間を共有された。奇想天外で斬新な発想、着眼点はどこから降って湧いたのですか？

秀吉は心の底から殿の掛け軸に向かって祈っていた。

秀吉は、迫りくる老化に抗えぬ状況に底知れぬ不安を抱えていた。そして、掛け軸から目を離し、ふと懐かしい昔を思い出していた。

それは、家族たちとの心温まる長浜時代の思い出だった。

長浜時代も楽しかった。殿の安土の城にも近かった。風光明媚《ふうこうめいび》で琵琶湖の恵みも水運も豊かであった。寧々や母様や弟の秀長もおった。その恵みをみなで堪能した。米も魚も野菜も旨かった。母様が作った野菜がとくに旨かった。家族皆、毎日忙しくしておったが、楽しかった。長浜の民も皆豊かになっていったなあ、あの頃は良かった。

思い出すと自然にツーっと線を引いて両頬に涙がこぼれていた。

ただ静寂《せいじゃく》な夜が過ぎていくだけだった。

エピローグ

秀吉は家康や見舞い客が寝所を去ったあと、疲れを感じ横になった。

天井をぼんやり眺めては、若かりし頃から信長と関わった様々な情景を思い出していた。

天井にも信長を真似て描かせた漆や金銀箔の大胆かつ繊細な図柄があった。それを眺めながら想いを巡らせる。

そして光沢ある蒔絵歌書箪笥の漆黒の箱に信長の書状と本を納めた。

壁に掛けてある心酔する信長の掛け軸をじっと見つめる。屏風絵の殿は、ただ猿を見つめるだけであった。それでも秀吉は掛け軸を見ながら夢の境地へ入り、生駒屋敷のときのように背中を追い続けてきた信長に語りかけていた。

「信長殿、この猿めは美濃から尾張へ草履を売りながら生駒屋敷に立ち寄り、そこで吉乃様に会い、殿と吉乃様を引き合わせて……」

「ほう、そうであったな。忘れておったわ。猿には世話になったな……」

その顔は、天下人、羽柴秀吉ではなく、若かりし頃の藤吉郎の顔であった。

二人は尾張の片田舎、生駒屋敷で出会ったときのまま、茶筅髷《ちゃせんまげ》に赤い派手な湯帷子《ゆかたびら》の信長に、茶色の襤褸《ボロ》をまとった藤吉郎だった。突き抜けるほど高く透きとおる青空の下、二人の会話は、底ぬけに明るく前途洋々《ぜんとようよう》であった。

夢と希望に満ち溢《あふ》れた力強い世界が、２人の前に広がっていた。

（了）

主な参照文献

『安土城と本能寺の変　完訳フロイス日本史3』松田毅一・川崎桃太訳　中公文庫
『裏切られ信長　不器用すぎた天下人』金子拓　河出文庫
『織田信長の家臣団　派閥と人間関係』和田裕弘　中公新書
『織田信長の外交』谷口克広　祥伝社新書
『回想の織田信長　フロイス「日本史」より』ルイス・フロイス　松田毅一・川崎桃太　編訳　中公文庫
『甲陽軍鑑』佐藤正英　校訂・訳　ちくま学芸文庫
『地図と読む　現代語訳　信長公記』太田牛一　中川太古　訳　KADOKAWA
『図説　明智光秀』柴裕之　戎光祥出版
『図説　織田信長』小和田哲男・宮上茂隆　河出書房新社
『図説　徳川家康と家臣団』小川雄・柴裕之　戎光祥出版
『図説　豊臣秀吉』柴裕之　戎光祥出版
『戦国最強家臣団』歴史人2024年6月号　ABCアーク
『信長と家臣団の城』中井均　角川選書
『豊臣秀吉』小和田哲男　中公新書
『山川詳説日本史図録』第9版　山川出版社
江南市公式HP

小牧市公式ＨＰ
岐阜市公式ＨＰ

注記
本文中のページのラインは、内容や登場人物の心情を分かりやすく説明するためのパートを示す文章です。

本作はフィクションであり、登場する人物や出来事は著者の創作に基づくものです。一部、史実を参考にしていますが、物語の展開上、史実とは異なる描写が含まれています。ご了承ください。

〈著者紹介〉
ヤマダ ハジメ（やまだ はじめ）
愛知県出身
大学卒業後、上京。メーカーにて販売・営業・新事業立上げ・企画・販促・業務など多彩な経験をする。仕事の傍ら文学の学習を始め大学を卒業。在学中に文章を紡ぐ楽しさを知り創作活動に興味を持ち始める。仕事の中の失敗、成功、失敗の連続や見聞きしたことの経験で元気が沸く作品創りに活かしたいと思います。
趣味：散歩、読書、映画・音楽鑑賞、美術館巡り、ラジオ視聴、英語学習、スポーツ鑑賞など。

信長様《のぶながさま》と猿《さる》
小牧城《こまきじょう》から天下布武《てんかふぶ》への想《おも》い出《で》

2025年2月27日　第1刷発行

著　者　　ヤマダハジメ
発行人　　久保田貴幸

発行元　　株式会社 幻冬舎メディアコンサルティング
〒151-0051　東京都渋谷区千駄ヶ谷4-9-7
電話　03-5411-6440（編集）

発売元　　株式会社 幻冬舎
〒151-0051　東京都渋谷区千駄ヶ谷4-9-7
電話　03-5411-6222（営業）

印刷・製本　中央精版印刷株式会社
装　丁　　弓田和則

検印廃止

Printed in Japan
ISBN 978-4-344-69212-1 C0093
幻冬舎メディアコンサルティングＨＰ
https://www.gentosha-mc.com/